Antes de que se enfríe el café

Toshikazu Kawaguchi nació en Osaka, Japón, en 1971. Ha sido productor, director y escritor para el grupo de teatro Sonic Snail. Como guionista, sus trabajos más importantes incluyen *COUPLE*, *Sunset Song* y *Family Time*. *Antes de que se enfríe el café*, su debut como novelista, está basado en la obra teatral homónima que recibió el primer premio en el festival de drama de Suginami y cuenta con una exitosa adaptación cinematográfica en su país. Además, se convirtió en todo un fenómeno internacional que ya ha vendido más de tres millones de ejemplares en todo el mundo. La segunda y la tercera novela, *La felicidad cabe en una taza de café* y *El primer café del día*, también han conquistado a los lectores y a la crítica. *Hasta el próximo café* es la cuarta entrega de la serie.

También puedes seguir al autor en su cuenta de Instagram:
🔲 @kawaguchi.coffee

TOSHIKAZU KAWAGUCHI

Antes de que se enfríe el café

Traducción de
Marta Morros Serret

DEBOLS!LLO

Papel certificado por el Forest Stewardship Council®

MIXTO
Papel | Apoyando la
silvicultura responsable
FSC® C117695
www.fsc.org

Penguin
Random House
Grupo Editorial

Título original: コーヒーが冷めないうち (KŌHĪGA SAMENAI UCHINI)

Enero de 2026
Reimpresión: enero de 2026

© 2015, Toshikazu Kawaguchi
Derechos de traducción cedidos por Sunmark Publishing, Inc. a través de
InterRights, Inc., Tokio, Japón y Gudovitz & Company Literary Agency, Nueva York, EE. UU.
© 2021, 2026, Penguin Random House Grupo Editorial, S. A. U.
Travessera de Gràcia, 47-49. 08021 Barcelona
© 2021, Marta Morros Serret, por la traducción
Diseño e imagen de cubierta: Sunmark Publishing Inc.

Printed in Spain – Impreso en España

ISBN: 978-84-663-8785-9
Depósito legal: B-17.421-2025

Compuesto en Comptex & Ass., S. L.
Impreso en Liberdúplex
Sant Llorenç d'Hortons (Barcelona)

P 3 8 7 8 5 A

Prólogo

Corría la extraña leyenda urbana de que en cierta cafetería de cierta ciudad, si te sentabas en un asiento en concreto, podías viajar al tiempo que descaras durante el rato que estuvieras allí.

Pero ¡qué lata!

Había unas reglas muy engorrosas:

La primera regla establecía que si querías viajar al pasado, únicamente podías volver a hacerlo en esa cafetería para encontrarte con alguien que ya hubiera estado allí.

La segunda regla establecía que aunque volvieras al pasado, por mucho que te esforzaras, el presente no cambiaría.

La tercera regla establecía que si en el asiento en el que se volvía del pasado ya había una persona, solo podías sentarte en él cuando esta se levantara.

La cuarta regla establecía que mientras estuvieras en el pasado, no podías levantarte ni moverte del asiento.

La quinta regla establecía que únicamente podías permanecer en el pasado el tiempo que tardaba en enfriarse un café.

Pero esas no eran las únicas reglas engorrosas.

Según los rumores propagados por los clientes del establecimiento donde se había originado esta leyenda urbana, el lugar en cuestión era la cafetería Funikuri Funikura.

Si te dijeran que siguiendo estas reglas podrías volver al pasado, ¿qué harías?

He aquí cuatro historias maravillosas y esperanzadoras que tuvieron lugar en esa inusual cafetería:

1. Novios: la historia de una chica separada del chico con quien tenía pensado casarse.

2. Marido y mujer: la historia de un hombre que ha perdido la memoria y de su enfermera.

3. Hermanas: la historia de una hermana que huye de casa y de otra que come mucho.

4. Madre e hija: la historia de la embarazada que trabaja en esa cafetería.

Si pudieras volver atrás, ¿a quién visitarías?

1

Novios

—Bueno, tengo que irme... —murmuró él, evasivo y, a continuación, se levantó y cogió la maleta de mano que llevaba.

—¿Cómo?

Ella lo miró con el rostro desencajado. En ningún momento él había pronunciado siquiera la sílaba «ru» de la palabra «ruptura». Pero sí que había sido él, con quien llevaba casi dos años de relación, el que la había citado en aquella cafetería con el pretexto de tener «algo importante» que decirle. No solo le comunicó su repentino traslado a Estados Unidos por temas de trabajo, sino que después se fue sin ni siquiera pronunciar la sílaba «ru» de la palabra «ruptura», pero dándole a entender que ese «algo importante» significaba que rompían. Sin embargo, ella se había imaginado que ese «algo importante» era una propuesta de matrimonio.

—¿Qué? —respondió él balbuceante con otra pregunta y sin mirarla a los ojos.

—¿No piensas darme ninguna explicación? —le exigió ella con un tono enfadado por primera vez.

La cafetería en la que estaban teniendo esta conversación se encontraba en un sótano, por lo tanto no había ventanas. Estaba iluminada con seis lámparas de techo, tenía las paredes pintadas de color sepia y, cerca de la entrada, había una única lámpara de pared. Por eso, la única manera de saber si era de día o de noche allí dentro era mirando el reloj.

En el interior de esa cafetería había tres relojes de pared grandes y antiguos. Sin embargo, sus manecillas marcaban horas distintas. Los clientes que entraban allí por primera vez no sabían si aquello estaba hecho a propósito o si, sencillamente, los relojes no funcionaban bien. Así que, al final, acababan mirando la hora en el suyo.

Y eso mismo fue lo que hizo él.

Consultó el reloj de pulsera e hizo una pequeña mueca con el labio inferior a la vez que se rascaba encima de la ceja derecha.

—¡Oye! ¿Se puede saber qué has querido decir con esa mueca? —preguntó ella de muy mal humor al ver aquella expresión en su rostro.

—No he hecho nada —respondió él vacilante.

—¡Claro que sí! —exclamó ella absolutamente impotente.

—Mmm...

Él volvió a hacer una segunda mueca con el labio inferior y a continuación se quedó mirándola a los ojos sin articular palabra.

—¿Así es como piensas decírmelo? —le preguntó ella enfadada ante una actitud tan cobarde.

Ella apartó la mirada, observó que el café se le había enfriado y lo alcanzó con la mano. No era más que un café frío que ya tenía azúcar, pero el hecho de que hubiera dejado de estar caliente hizo que su estado de ánimo decayera todavía más.

El chico miró el reloj de pulsera por segunda vez. La hora de embarque se acercaba y ya debería haber salido de la cafetería. Sin poder conservar la compostura, volvió a rascarse la ceja derecha. Al ver que estaba tan preocupado por la hora, ella perdió la paciencia y soltó la taza con brusquedad. Como lo hizo con demasiada fuerza, la taza y el platillo emitieron un chasquido muy sonoro al caer que le sobresaltó.

Se toqueteó el pelo con la misma mano con la que había estado rascándose la ceja derecha. A continuación, respiró hondo y se sentó en la silla de enfrente de la chica con lentitud. Ya no mostraba aquella actitud vacilante que lo había caracterizado hasta ese momento.

Al percibir que algo había cambiado en el ambiente, ella lo miró perpleja y, después, apartó la mirada y la clavó en la mano que tenía apoyada sobre el regazo.

Él estaba preocupado por la hora, así que no esperó a que ella volviera a alzar la cabeza.

—Mira... —empezó a decir.

Ya no tenía esa voz temblorosa que lo hacía difícil de entender, sino que en su tono había firmeza.

Sin embargo, ella lo interrumpió sin dejarle acabar la frase:

—¿Por qué no te vas? —soltó cabizbaja sin pensarlo.

Era ella la que había pedido explicaciones, pero ahora las estaba rechazando abiertamente. Aquella reacción lo pilló desprevenido y se quedó pasmado, como si el tiempo se hubiera detenido.

—Se te está haciendo tarde, ¿no? —insistió ella como si fuera una niña pequeña enfadada.

Él se quedó perplejo, incapaz de entender qué sentido tenía aquello. Incluso ella misma se debió de dar cuenta de que había hablado con un tono infantil porque, a continuación, apartó la mirada avergonzada y se mordió el labio.

Sin hacer el menor ruido, él se levantó de la silla y llamó la atención de la camarera que había en la barra con un hilillo de voz:

—La cuenta, por favor.

Él cogió el recibo, pero ella se lo quitó de las manos.

—Déjamelo, yo me quedo.

Con esa frase quería decir que ya pagaba ella, pero el chico, cansado, le arrebató la cuenta y se dirigió hacia la caja.

—Cóbrelo todo junto.

—Que no —murmuró ella desde la silla, y a continuación alargó la mano hacia el chico.

Sin embargo, él no hizo siquiera el ademán de mirarla y sacó un billete de mil yenes de la cartera.

—Quédate con el cambio —le dijo a la camarera entregándole el billete con la cuenta y, por un instante, se volvió hacia ella con un aire de tristeza en el rostro y, sin decir nada más, se fue arrastrando la maleta de cabina.

¡Tolón, tolón!

—Ya hace una semana de eso —dijo Fumiko Kyokawa, y a continuación respiró lentamente, deshinchándose como un globo, y se reclinó sobre la mesa con flojera; por suerte, no golpeó la taza de café que tenía enfrente al hacerlo.

La camarera y la clienta sentada en la barra, que hasta ese momento habían escuchado en silencio la historia de Fumiko, se miraron.

Al parecer, les acababa de relatar con todo tipo de detalles lo que le había sucedido hacía una semana en esa misma cafetería.

Fumiko en su época de estudiante de secundaria ya dominaba seis idiomas, que había aprendido de forma autodidacta; luego se había graduado en la prestigiosa Universidad de Waseda con las mejores notas de su promoción, había entrado a trabajar en una gran empresa de informática en Tokio especializada en sistemas de salud y, tras dos años allí, ya dirigía varios proyectos. Es decir, Fumiko era una mujer con una exitosa carrera profesional.

Sin lugar a dudas, aquel día había ido a la cafetería directamente desde el trabajo, porque vestía una camisa blanca, un abrigo negro, medias y un traje de chaqueta normal y corriente.

Sin embargo, en ella no había nada de normal y corriente. Parecía una *idol*: tenía los rasgos marcados, los labios finos y llevaba una preciosa media melena negra y brillante que la dotaba de un aura luminosa como la de un ángel. Incluso con la ropa puesta, era fácil imaginarse sus extraordinarias proporciones. Como si se tratara de una modelo salida de una revista, su belleza atraía las miradas de todo el mundo.

Fumiko era una de esas mujeres que están dotadas de verdad tanto de inteligencia como de belleza. No obstante, ella no tenía precisamente esa percepción de sí misma, pues vivía entregada a su trabajo. Por supuesto, no se podía decir que no hubiera salido nunca con ningún chico. Simplemente, lo que más la atraía era el trabajo. Le gustaba hasta tal punto que tan solo con eso ya se sentía plena.

«Mi trabajo es mi pareja», había dicho a multitud de hombres rechazándolos a modo de presentación, como quien se sacude el polvo de encima.

Su pareja, Gorō Katada, era ingeniero de sistemas y trabajaba en una empresa no demasiado grande que, al igual que la de Fumiko, estaba especializada en el ámbito sanitario. Tenía tres años menos que Fumiko y empezaron a salir hacía dos años, después de que ambos hubieran coincidido en un proyecto de trabajo. Bueno, en realidad, ya no estaban juntos.

Cuando Gorō quedó con Fumiko hacía una semana con el pretexto de que tenía «algo importante» que decirle, ella se había plantado en el lugar de la cita ataviada con un elegante vestido por debajo de las rodillas de color rosa pálido, un abrigo de entretiempo beige y unas bailarinas blancas. Huelga decir que, por supuesto, los hombres con los que se encontraba por la calle no podían evitar clavar la mirada en ella. Sin embargo, hasta que conoció a Gorō en el trabajo, Fumiko no había llevado nunca otro tipo de ropa que no fuera un traje. También a las citas con Gorō solía ir vestida así, puesto que a menudo se veían después del trabajo. Pero, como le había dicho que tenía «algo importante» que comunicarle, Fumiko había decidido ponerse un vestido especial. Se había hecho ilusiones con lo que podría pasar en la cita, así que se había comprado ropa para la ocasión. Por desgracia, en la romántica cafetería en la que se habían citado, encontraron un cartel que indicaba que el local estaba cerrado temporalmente. Como en ese establecimiento todas las mesas estaban en reservados, Fumiko había supuesto que era un lugar perfecto para mantener una conversación sobre «algo importante» y, de hecho, Gorō también había parecido decepcionado al encontrarlo cerrado. Como no podían hacer nada al respecto, se habían puesto a buscar otro local que fuera apropiado para la ocasión hasta que, en un callejón por el que transitaba poca gente, habían visto el letrerito de una cafetería. Como esta se encontraba en un sótano, no tenían ni idea de cómo sería el ambiente, pero, cautivados por el nombre, que citaba la letra de una canción de cuando eran niños, habían decidido darle una oportunidad.

Al entrar en la cafetería, Fumiko se había arrepentido de inmediato. Era más pequeña de lo que se imaginaba. En el interior del local había una barra con tres asientos y tres mesas con dos sillas. Es decir, bastaban tan solo nueve personas para llenar el local. Aquella «importante» conversación que había suscitado tantas expectativas en Fumiko, si no la tenían en voz muy baja, podrían oírla el resto de los clientes. Además, las pocas lámparas que iluminaban el local y el color sepia de las paredes no eran de su agrado.

Un lugar para negocios turbios.

Esa fue la primera impresión que había tenido Fumiko de la cafetería. Mientras observaba el local con mirada escrutadora, se habían sentado con timidez en una de las mesas para dos que estaba libre. En el interior de la cafetería había tres clientes y la camarera. En la mesa más alejada había una mujer con un vestido blanco de manga corta que leía un libro tranquilamente; en la que había al lado de la entrada, un hombre sin ningún tipo de atractivo estaba escribiendo unas notitas con información que extraía de una revista de viajes abierta. La mujer sentada en la barra llevaba una camisola de color rojo intenso y unas mallas verdes. En el respaldo de la silla tenía colgado un sobretodo de quimono y llevaba un rulo en el pelo. Por alguna razón, la mujer esbozó una sonrisa al ver a

Fumiko y a Gorō. Asimismo, de vez en cuando, mientras los dos jóvenes hablaban, la mujer le decía algo a la camarera, que se encontraba al otro lado de la barra y se reía a carcajada limpia.

—Ya entiendo —comentó la mujer del rulo al oír la explicación de Fumiko.

Aunque, en realidad, no comprendía nada. Simplemente pronunció esa muletilla en una pausa de la historia para dar a entender que la escuchaba.

La mujer del rulo se llamaba Yaeko Hirai. Aquel año acababa de cumplir los treinta, vivía en el barrio y era una de las clientas habituales de la cafetería. No había día en que, antes de ir al trabajo, no pasara por allí a tomarse un café. Aquel en concreto también llevaba el rulo, pero vestía prendas distintas que la semana anterior. Llevaba un top amarillo con los hombros totalmente al descubierto, una minifalda de color rojo intenso y unas mallas de un vívido color lila. Hirai escuchaba la historia de Fumiko sentada con las piernas cruzadas.

—Esto ocurrió hace una semana. Os acordáis, ¿verdad? —le preguntó Fumiko a la camarera mientras se ponía de pie y se acercaba a la barra.

—Sí, bueno... —respondió la camarera con expresión de perplejidad y sin mirarla a los ojos.

La camarera se llamaba Kazu Tokita. Kazu era la prima del dueño de la cafetería y compaginaba el trabajo con los estudios universitarios de Bellas Artes. Tenía un rostro bello, la tez clara y los ojos almendrados, pero ningún otro rasgo característico. Aunque estuvieras delante de ella, si cerrabas los ojos olvidabas rápidamente qué tipo de cara tenía. En pocas palabras, pasaba desapercibida. Parecía que no estuviera presente. A Kazu no le gustaba interactuar con el resto de las personas y, debido a eso, tenía pocos amigos, aunque nunca la había preocupado.

—¿Y qué ha sido de él? ¿Dónde está ahora? —preguntó Hirai con desinterés mientras jugueteaba con su taza de café.

—En Estados Unidos —respondió Fumiko, y a continuación hinchó las mejillas.

—Es decir, que ha escogido el trabajo —dijo Hirai yendo al grano sin mirar a Fumiko a la cara.

—¡No es eso! —negó Fumiko agrandando los ojos.

—¿Perdón? ¡Claro que sí! Se ha marchado a Estados Unidos, ¿no? —replicó Hirai con cara de estupefacción.

—¿Es que no has entendido lo que acabo de contar? —objetó Fumiko con desesperación.

—¿El qué?

—¡Que me venció el orgullo y no le pedí que se quedara!

—Pues si tú misma lo reconoces —dijo Hirai a la vez que se echaba hacia atrás con tanto ímpetu que casi se cayó de la silla.

Fumiko hizo caso omiso de la reacción de la mujer del rulo.

—Tú me comprendes, ¿no? —le preguntó entonces a Kazu en busca de apoyo.

Esta se mostró pensativa durante unos segundos.

—Es decir, ¿que en realidad no querías que se fuera a Estados Unidos? —replicó Kazu yendo también directa al grano.

—Claro, eso es, pero...

Hirai observó a Fumiko con regocijo ante su dubitativa respuesta.

—No te entiendo —la interrumpió esta cortante.

Seguramente, si Hirai hubiera estado en el lugar de Fumiko, se habría puesto a llorar y a gritarle que no se fuera. Aunque, por supuesto, habrían sido lágrimas de cocodrilo porque, según la teoría de Hirai, llorar es un arma de mujer.

Con los ojos brillantes, Fumiko volvió la mirada hacia Kazu, que estaba al otro lado de la barra.

—Sea como fuere, ¡haz que vuelva atrás a ese día de hace una semana, por favor! —imploró Fumiko con semblante serio.

A Hirai, oír aquello le pareció cosa de locos.

—Por favor —murmuró Hirai mientras miraba la cara de desconcierto que había puesto Kazu.

—Bueno, vale —se limitó a decir esta sin articular ni una palabra más.

Hacía unos años aquella cafetería se había hecho famosa por una leyenda urbana de que en ella era posible volver al pasado, aunque por aquel entonces el rumor no había suscitado ningún interés en Fumiko y se le había borrado de la memoria. Había sido realmente una casualidad que hubieran entrado en aquella cafetería una semana atrás.

La noche anterior, Fumiko había estado viendo un magacín televisivo. Al principio del programa oyó que el presentador comentaba algo sobre leyendas urbanas y, como si un rayo le atravesara el cerebro, aquella cafetería le vino a la cabeza. Se acordaba de forma vaga de todo, excepto de una frase clave: «La cafetería donde se puede viajar al pasado».

«Si volviera al pasado, quizá podría arreglarlo. Tal vez podría hablar de nuevo con Gorō.» Ese ingenuo pensamiento había resonado tantas veces en la cabeza de Fumiko que al final había acabado perdiendo la capacidad de razonar. A la mañana siguiente, se había olvidado hasta de desayunar y, a pesar de que había ido al trabajo, le había costado mucho concentrarse y no podía dejar de pensar en la hora de salir. Quería que los segundos pasaran más rápido. Durante el trabajo, estuvo tan distraída que hasta sus compañeros le preguntaron si se encontraba bien e incluso cometió varios errores leves. Al acercarse el fin de la jornada laboral, su nerviosismo llegó a cotas máximas. Tardó treinta minutos en llegar desde la oficina, primero en tren y luego a paso rápido desde la estación a la cafetería, donde llegó sin aliento.

—Hazme volver al pasado, por favor —le espetó a Kazu sin que esta pudiera ni siquiera saludarla.

A continuación, les había contado la historia de cabo a rabo con el mismo ímpetu.

Sin embargo, Fumiko se quedó dubitativa al ver cómo reaccionaban aquellas dos mujeres que tenía delante: Hirai solo la observaba con una sonrisa en el rostro, mientras que Kazu evitaba mirarla a los ojos, aunque su expresión era de serenidad.

Además, si realmente fuera posible volver al pasado, el lugar estaría a rebosar de gente, pero allí solo estaban las mismas personas que la semana anterior: la mujer del vestido blanco, el hombre de la revista de viajes, Hirai y Kazu.

—Porque se puede volver al pasado, ¿verdad? —dijo Fumiko con impaciencia.

Pensó que quizá habría sido mejor haber empezado por aquella pregunta, pero ya era tarde para eso.

—¿Es posible? —le insistió Fumiko a Kazu, que seguía al otro lado de la barra.

—Esto, bueno... —respondió Kazu con vaguedad, todavía sin mirarla a la cara.

Sin embargo, tan pronto como oyó aquella respuesta, a Fumiko se le iluminaron los ojos. «No es un no», pensó. No era un no. De repente se puso nerviosa.

—¡Haz que vuelva al pasado, por favor! —imploró con tanta energía que dio la impresión de que iba a saltar por encima de la barra.

—¿Qué harás entonces? —preguntó Hirai con serenidad mientras sorbía su café, que se le había enfriado.

—¡Arreglaría lo que pasó!

Fumiko transmitía seriedad en su mirada.

—Ya —dijo Hirai encogiéndose de hombros.

—¡Te lo ruego!

Fumiko alzó tanto la voz que su grito resonó en todo el local.

Hasta hacía poco, ella no había sido consciente de que quería casarse con Gorō. Ese año iba a cumplir los veintiocho y sus padres —que vivían en Hakodate— ya le habían preguntado en un sinfín de ocasiones si pensaba casarse o si había conocido a alguien que mereciera la pena. Sin embargo, desde que su hermana menor, que tenía veinticinco, se había casado el año anterior, la presión que ejercían sobre ella había aumentado todavía más, hasta el punto de que le mandaban un correo electrónico cada semana preguntándoselo. Fumiko tenía otro hermano de veintitrés años pero, como este se había casado con una chica de su ciudad natal al haber quedado esta embarazada, era la única soltera que quedaba.

Fumiko no tenía ninguna prisa en contraer matrimonio y la boda de su hermana no le había hecho cambiar de parecer en absoluto, pero desde entonces había empezado a pensar que, siempre que fuera con Gorō, no le importaría casarse.

—Será mejor que se lo expliques, ¿no te parece? —dijo Hirai con indiferencia mientras se encendía un cigarrillo que había sacado de una bolsa con estampado de leopardo.

—De acuerdo —respondió Kazu con pusilanimidad y, a continuación, salió de la barra, se acercó a donde se encontraba Fumiko y le dedicó a esta una mirada dulce, tranquilizadora cual chupete ante el llanto de un niño—: A ver, presta atención a lo que te voy a decir.

—El... ¿El qué?

Fumiko estaba nerviosa.

—Sí que puedes volver. Es cierto, pero...

—¿Pero?

—Por mucho que te esfuerces, el presente no cambiará.

Aquella noticia pilló por sorpresa a Fumiko, que no la digirió bien.

—¡¿Cómo?! —preguntó alzando la voz de nuevo.

Kazu prosiguió la explicación con calma.

—Puedes volver al pasado pero, por mucho que le transmitas tus verdaderos sentimientos al chico que se fue a Estados Unidos...

—¿Por mucho que le transmita mis sentimientos...?

—El presente no cambiará.

—¿Qué?

Como Fumiko no quería escuchar nada de eso, se tapó los oídos con desesperación, pero Kazu no se detuvo y pronunció las palabras que menos quería oír:

—Su marcha a Estados Unidos no va a cambiar. —Fumiko se puso a temblar de la cabeza a los pies. No obstante, Kazu prosiguió con la explicación con indiferencia, casi con crueldad—: Aunque vuelvas al pasado, le hables con franqueza y le digas que no quieres que se vaya, quizá consigas transmitirle tus sentimientos, pero el presente no cambiará ni un ápice.

—Pero ¡eso no tiene ningún sentido! —objetó Fumiko alzando la voz ante las despiadadas palabras de Kazu.

—Indignarte contra ello no te va a servir de nada —dijo Hirai mientras daba una calada al cigarrillo con tanta tranquilidad como si ya supiera de qué iba la historia.

—¿Por qué? —le preguntó Fumiko a Kazu con ojos implorantes.

—Así lo disponen las reglas —respondió sucintamente esta.

En las películas y novelas en las que se viaja en el tiempo suele haber una norma que prohíbe intervenir en algunas cosas que pueden influenciar el presente. Esto es porque, por ejemplo, si al volver al pasado impidieras la boda de tus padres o que estos llegasen a conocerse, desaparecería el origen de tu propia existencia y te borrarías a ti mismo del presente.

La mayoría de las historias de viajes en el tiempo funcionan así por definición y, por supuesto, Fumiko sabía que, si cambiaba el pasado, el presente también se transformaría. Por esa razón pensaba que, si regresaba al pasado, podría arreglarlo.

No obstante, ahora aquello se había convertido en un sueño imposible.

Fumiko quería una explicación que la satisficiera sobre por qué existía esa increíble regla que dictaba que, aunque volviera al pasado y por mucho que se esforzara, el presente no cambiaría. Sin embargo, con aquel breve comentario de que así lo disponían las reglas, Kazu había dado la conversación por terminada. Si no ofreció más explicaciones no fue porque fuera poco amable o no lo supiera explicar. Simplemente se debía a que para ella no era más que una regla. Y quizá también desconocía la razón de ser de esta. A juzgar por su semblante sereno, esa es la impresión que daba.

—¡Qué pena! —exclamó Hirai mirando a Fumiko a la cara con una especie de deleite, y a continuación expulsó el humo del tabaco con satisfacción.

Desde que Fumiko había empezado su explicación, Hirai había estado aguantándose las ganas de soltar este comentario.

—Pero...

A Fumiko le flaqueaban las fuerzas en todo el cuerpo. Impotente, se sentó en una silla y, justo en ese preciso instante, recordó con claridad cierto artículo de una revista que hablaba sobre esta cafetería.

La pieza se titulaba «Toda la verdad sobre la leyenda urbana de la famosa cafetería de los viajes al pasado» y, a rasgos generales, decía lo siguiente: el lugar se llamaba Funikuri Funikura. Dado que se había hecho famoso, porque se decía que en ella podías volver al pasado, todos los días se formaba una larga cola de gente en la entrada, pero no se sabía que nadie hubiera regresado de verdad al pasado. ¿Por qué? Pues porque el viaje al pasado era una lata, dado que había unas reglas muy engorrosas.

La primera establecía que, si volvías al pasado, únicamente podías encontrarte con una persona que ya hubiera estado en esa cafetería. De modo que, en función de los objetivos que se tuvieran, viajar al pasado perdía sentido.

Otra de las reglas establecía que, aunque viajaras al pasado, por mucho que te esforzaras, el presente no cambiaría. Cuando preguntabas a la gente de la cafetería el porqué de esta norma, la única respuesta que obtenías era que lo desconocían.

Sin embargo, en el artículo se decía que no se habían encontrado evidencias de que alguien hubiera viajado de verdad al pasado.

En resumen, no se sabía si realmente alguien había podido viajar al pasado en esa cafetería. Aunque, suponiendo que se pudiera volver, si el presente no podía cambiarse, el viaje no tenía ningún sentido, ¿no? Como leyenda urbana era interesante, pero como realidad resultaba absurda. Esa era la conclusión del artículo.

El artículo también mencionaba al final que parecía ser que para volver al pasado había más reglas que debían seguirse aparte de las citadas, pero no se daban los detalles de estas.

Hirai se dirigió a la mesa sobre la que Fumiko estaba reclinada para contarle, muy contenta, que había otras reglas.

Mientras seguía recostada sobre la mesa, Fumiko observó abstraída la azucarera y se preguntó por qué en aquel local no tendrían terrones.

—Pero eso no es todo: para poder volver al pasado, debes sentarse en una silla en concreto de la cafetería, de la cual no puedes moverte mientras estés allí —dijo Hirai y, mientras bajaba el quinto dedo de la mano para contar las reglas,* le preguntó a Kazu directamente—: ¿Había alguna condición más?

—Hay un límite de tiempo —respondió Kazu a la vez que secaba un vaso, de nuevo mirando al vacío como si hablara sola.

—¿Ah, sí? —dijo Fumiko alzando la cabeza con el semblante incrédulo, pero Kazu se limitó a asentir con una sonrisa.

Hirai dio un empujoncito a la mesa.

—¡La verdad es que, solo por eso, la mayoría de la gente ya no quiere volver al pasado! —dijo, en apariencia divertida. Bueno, en realidad, más bien estaba riéndose de ella—. ¡Hace un montón que no aparecía alguien tan confuso como tú con ganas de volver al pasado por un malentendido de este tipo!

—Hirai... —la detuvo Kazu.

—¡En la vida las cosas no son tan fáciles! Será mejor que te lo quites de la cabeza —siguió atacando Hirai a Fumiko, como si quisiese que reaccionara.

—Hirai... —repitió Kazu subiendo un poco el tono de voz.

—¡Vale! ¡Vale! Lo único que digo es que es mejor dejar las cosas claras.

Como ya se había hecho tarde, a Fumiko le flaquearon de nuevo las fuerzas y volvió a reclinarse sobre la mesa.

—¡Oye! —exclamó Hirai y, después, estalló a reír a carcajada limpia.

En ese preciso instante se escuchó:

---

* En Japón, cuando se cuenta con los dedos, en lugar de empezar a hacerlo con el puño cerrado e ir levantando los dedos uno a uno, se hace al revés, con la palma abierta y bajando los dedos a medida que se va contando. (N. de la T.)

—Otro café, por favor —le pidió a Kazu el señor de la revista de viajes que estaba sentado en la mesa más cercana a la entrada.

—Ah, ahora mismo.

¡Tolón, tolón!

—Adelante —dijo Kazu desde la otra punta del local.

Y a continuación entró una chica. Llevaba un vestido azul claro con una chaqueta beige de punto, unas zapatillas deportivas de color azul marino y una bolsa de tela de un blanco inmaculado. Tenía la tez clara, los ojos grandes y rebosaba juventud.

—¡Ya estoy aquí!

—Tata...

Kazu había llamado «tata» a aquella chica de ojos grandes, aunque en realidad era la mujer de su primo, es decir, su prima política. La chica se llamaba Kei Tokita.

—Las flores del cerezo ya se han marchitado —dijo Kei dedicándole una sonrisa a Kazu, como si lo que hubiese dicho no le diera pena.

—La verdad es que sí —respondió sucinta pero con amabilidad, sin los formalismos con los que trataba a Fumiko y a los demás.

—Hola —dijo Hirai.

Seguramente se había cansado de burlarse de Fumiko porque mientras hablaba con Kei volvió a la barra.

—¿Dónde estabas? —preguntó Hirai.

—En el hospital.

—¿Para un chequeo rutinario?

—Eso es.

—¡Hoy tienes buen color!

—¿A que sí?

Kei miró de reojo a Fumiko, que seguía reclinada sobre la mesa, y ladeó la cabeza con perplejidad pero Hirai le contestó con un aspaviento y, sin decir nada más, Kei entró en el cuarto que había al fondo de la barra.

¡Tolón, tolón!

Unos breves instantes después de que Kei se metiera en el cuarto del fondo de la barra, un chico corpulento cruzó el umbral de la entrada, agachándose para evitar darse con la cabeza contra el marco. Vestía una camisa blanca de cocinero, unos pantalones negros y una chaqueta fina encima. En la mano derecha llevaba un gran manojo de llaves tintineantes. El chico se llamaba Nagare Tokita y era el dueño de la cafetería.

—Hola —saludó Kazu.

Nagare, cuyos ojos eran finos como dos hilillos, volvió la mirada hacia el hombre de la revista, que estaba sentado cerca de la entrada.

Sin decir nada, Hirai levantó la taza para pedir más café y Kazu se metió en la cocina para rellenársela. La primera, que había apoyado un codo en la barra, observaba tranquilamente a Nagare mientras este se plantaba delante del hombre de la revista.

—Señor Fusagi —dijo con voz amable.

Como si no fuera con él, al tal señor Fusagi le costó reaccionar pero, transcurridos unos instantes, levantó la mirada poco a poco.

—Muy buenas —saludó Nagare con una ligera reverencia.

—Hola —respondió inexpresivo y, a continuación, volvió a bajar la cabeza para mirar la revista.

Nagare se quedó mirando al tal señor Fusagi.

—¡Kazu! —gritó para que se le oyera desde la cocina.

—¡Dime! —respondió esta asomando la cabeza por la puerta.

—Llama a la señora Kōtake.

Kazu se quedó parada durante unos segundos.

—Ella lo estaba buscando —dijo Nagare volviéndose hacia el señor Fusagi.

La chica entendió rápidamente lo que le quería decir.

—Vale, ¡voy! —respondió de inmediato y, tras servir el café a Hirai, se metió en el cuarto del fondo para hacer la llamada.

Nagare miró de reojo a Fumiko, que seguía reclinada sobre la mesa, y rodeó la barra para entrar en ella; luego cogió un vaso de una estantería, sacó un tetrabrik de zumo de naranja de una nevera que había debajo de la barra, se sirvió con despreocupación y se lo bebió de un trago.

Nagare se metió en la cocina para lavar el vaso y, en ese mismo instante, se oyó el repiqueteo de unas uñas en la barra.

—¿Eh?

Nagare asomó la cabeza y Hirai le hizo unos gestos casi imperceptibles para que se acercara. El propietario del café salió andando lento y pesado, con las manos húmedas. Hirai se inclinó un poco hacia delante sobre la barra.

—¿Cómo ha ido? —susurró.

—¿El qué? —respondió Nagare mientras buscaba el papel de cocina.

A juzgar por el tono de su respuesta, no quedaba claro si estaba molesto por la pregunta o por no encontrar el papel de cocina.

—La prueba... —insistió Hirai bajando más la voz.

Pero, en lugar de responder a la pregunta, Nagare se rascó un poco la punta de la nariz.

—¿Acaso ha salido mal? —preguntó con preocupación en el rostro.

Nagare se mostró impasible.

—Esta vez parece que no es necesario el ingreso —se limitó a murmurar.

Hirai respiró hondo, en silencio.

—Bueno... —dijo, y a continuación miró hacia la otra punta del local, donde se encontraba Kei.

Kei había nacido con un problema de corazón y tenían que ingresarla en el hospital a menudo. Sin embargo, era una persona jovial y cariñosa por naturaleza y, por muy mal que estuviera de salud, jamás se borraba la sonrisa de su rostro. Como Hirai conocía bien a Kei, y aunque ya se lo había preguntado a ella, había querido que Nagare le confirmara que estaba bien.

Este por fin había encontrado el papel de cocina y se estaba secando las manos.

—¿Y tú, Hirai? ¿Cómo lo llevas? —preguntó cambiando de tema.

La mujer no entendió a qué se refería con aquella pregunta y abrió los ojos mostrando su sorpresa.

—¿El qué? —respondió.

—Lo de tu hermana. Viene muy a menudo, ¿no?

—Ah, ya —respondió Hirai con ambigüedad mientras escrutaba con la mirada a su alrededor.

—Tu familia tiene un *ryokan*,* ¿verdad?

—Así es.

Nagare desconocía los detalles, pero había oído que, a raíz de que Hirai se hubiera ido de casa de sus padres, su hermana había cogido las riendas del *ryokan*.

—Debe de ser duro para tu hermana.

—Para nada, lo lleva de maravilla.

—Pero...

—¡Ahora no puedo volver! —espetó y, acto seguido, sacó un monedero enorme del bolso con un estampado de leopardo, en el que llevaba incluso hasta un diccionario.

Hirai empezó a buscar suelto dentro del monedero y las monedas que había dentro empezaron a repiquetear.

—¿Y eso por qué?

—Por mucho que volviera, no podría hacer nada —respondió Hirai con sarcasmo ladeando la cabeza, dubitativa.

—Pero... —empezó a decir Nagare.

—¡Estaba riquísimo! —dijo Hirai interrumpiéndole, y a continuación dejó el dinero del café encima de la barra y se fue.

¡Tolón, tolón!

* Alojamiento tradicional japonés. *(N. de la T.)*

Mientras recogía las monedas que Hirai había dejado, Nagare observó a Fumiko, que seguía sentada en la silla y reclinada sobre la mesa. Pero no pareció que le suscitara mucho interés porque la observó solo un instante y luego se puso a juguetear con las monedas que tenía en su enorme mano haciéndolas resonar.

—Tete —le dijo Kazu a Nagare asomando la cabeza.

Ella le llamaba «tete» aunque en realidad no lo era, sino que se trataba de su primo.

—¿Sí?

—Te llama la tata.

—Vale —respondió Nagare tras echar un vistazo al local y poner el dinero que acababa de recoger en las manos de Kazu con un gesto relajado.

—La señora Kōtake dice que no tardará en llegar —le informó esta.

Nagare asintió con la cabeza y dijo luego, antes de desaparecer en el cuarto del fondo:

—Te dejo al cargo.

—¡Vale! —respondió Kazu.

Sin embargo, las únicas personas que había en la cafetería eran la mujer que estaba leyendo un libro; Fumiko, que seguía reclinada sobre la mesa; y el tal señor Fusagi, que tomaba notas de una revista.

Kazu introdujo el dinero que le habían entregado en la caja registradora y recogió la taza que había dejado Hirai.

Uno de los tres relojes de pared que había en el local dio las cinco de manera sonora: dong, dong...

—Más café, por favor —pidió el señor Fusagi levantando la taza en dirección a Kazu, que estaba al otro lado de la barra.

Todavía no habían recogido el de antes.

—Ostras —dijo Kazu, y se apresuró a entrar en la cocina, de donde salió con una cafetera de cristal transparente llena de café.

—También me sirve—murmuró Fumiko, todavía reclinada sobre la mesa.

Kazu vio de refilón su figura mientras rellenaba la taza de café del señor Fusagi.

—¡También me sirve! —repitió Fumiko y, de repente, irguió el torso—. Aunque el presente no cambie, también me sirve —dijo, y a continuación se levantó de un salto y se acercó a Kazu hasta ponerse justo delante de sus narices.

—¡Ah! Esto... —repuso la camarera mientras dejaba la taza de café tranquilamente delante del señor Fusagi y después daba un par de pasos hacia atrás frunciendo el ceño.

De todas formas, Fumiko volvió a acercarse.

—¡Venga! ¡Haz que vuelva al pasado! ¡Llévame a la semana pasada!

Parecía como si Fumiko hubiera tenido una revelación, puesto que en sus palabras no se notaba ni el menor resquicio de duda. O quizá su apremio se debía simplemente a que estaba emocionada por la posibilidad de volver al pasado.

—Ya, pero...

Kazu se quedó perpleja ante la actitud desafiante de Fumiko, la esquivó y regresó al otro lado de la barra como si escapase de ella.

—Hay otra regla importante —dijo.

—¡¿Aún hay más reglas?! —exclamó Fumiko arqueando las cejas.

Desganada, contó las reglas que ya conocía con los dedos: no podía ver a nadie que no hubiera estado en esa cafetería; el presente no podía cambiar; para volver al pasado, había un asiento establecido del cual uno no podía moverse, y había un límite de tiempo.

—Quizá sea la peor de todas —anunció Kazu.

Con las reglas que conocía, a Fumiko ya se le hacía todo cuesta arriba, así que al oír que había otra más, y encima todavía peor, sintió que el corazón se le hacía añicos. Sin embargo, contuvo la ira mordiéndose el labio con fuerza.

—Llegados a este punto, qué más da. Suéltalo —dijo Fumiko con los brazos cruzados mostrando su entereza a Kazu al mismo tiempo que asentía con la cabeza.

Esta soltó aire dando a entender que lo había comprendido y se metió en la cocina para dejar la cafetera transparente que llevaba en la mano.

Tras quedarse sola, Fumiko respiró hondo para calmarse.

Al principio había querido volver al pasado para impedir que Gorō se fuera a Estados Unidos. La palabra «impedir» suena mal, pero su idea era que si se lo decía directamente quizá este se repensaría lo de marcharse a América. De este modo, si la suerte estaba de su lado, tal vez no tendrían que separarse. Es decir, la razón por la que al principio había querido volver al pasado era para cambiar el presente.

No obstante, si el presente no podía cambiar, no lo haría la marcha de Gorō a Estados Unidos ni tampoco su separación. A pesar de ello, a Fumiko le habían entrado todavía más ganas de volver al pasado; quería probarlo. El simple hecho de viajar en el tiempo se había convertido en su objetivo principal. Fumiko estaba ansiosa por vivir en sus propias carnes un fenómeno paranormal. No tenía ni idea de si la experiencia sería buena o mala, pero se había convencido a sí misma de que únicamente le aportaría cosas positivas en lugar de negativas.

Kazu volvió a la sala después de la profunda respiración de Fumiko. Esta tenía la cara como un palo, como la de un acusado antes de recibir su sentencia.

—Para volver al pasado, hay que sentarse en un asiento en particular de esta cafetería, pero... —indicó desde el otro lado de la barra.

—¿En cuál? ¿Dónde debería sentarme? —preguntó Fumiko en el acto, y escrutó el local con la mirada, moviendo la cabeza de un lado a otro con tanta intensidad que hasta le pareció que le zumbaba.

Haciendo caso omiso de la reacción de Fumiko, Kazu fijó su mirada en la mujer del vestido blanco.

Fumiko se dio cuenta de que Kazu se había quedado observando un punto fijo y siguió su línea de visión hasta llegar con la mirada a la mujer del vestido.

—Es ese asiento —dijo Kazu con serenidad.

—Esto... ¿Donde está sentada esa señora? —preguntó Fumiko en voz baja desde el otro lado de la barra con los ojos clavados en la mujer del vestido.

—Así es —contestó Kazu sucintamente.

Antes de que esta hubiera terminado de dar aquella breve respuesta, Fumiko ya había salido disparada para plantarse enfrente de la mujer del vestido blanco. La piel de la mujer era de un blanco tan transparente que contrastaba con su larga cabellera negra. Daba la impresión de que había vivido una felicidad fugaz. Por mucho que fuera primavera, todavía hacía un poco de frío para llevar un vestido de manga corta y a su alrededor no parecía haber ningún abrigo ni nada por el estilo. Fumiko se inquietó un poco por todo ello pero, sea como fuere, no era el momento de estar pensando en eso, así que se dirigió a la mujer del vestido:

—Disculpe, ¿sería tan amable de cederme el asiento? —dijo Fumiko con voz cortés y educada, esforzándose por no mostrarse impaciente.

Sin embargo, la mujer del vestido no reaccionó. Quizá no la había oído. A Fumiko aquello le molestó un poco, pero pensó que, a veces, cuando uno está inmerso en la lectura de un libro no oye las conversaciones ni los sonidos de su alrededor. Convencida de que ese era el caso, volvió a dirigirse a ella:

—Perdone... ¿Me escucha?

Esta segunda pregunta tampoco suscitó reacción alguna en la mujer del vestido.

—Es inútil —oyó Fumiko que le decían desde atrás inesperadamente.

Era la voz de Kazu. A Fumiko le llevó un rato comprender qué había querido decir esta con aquella frase.

«Si solo quería que me cediera el asiento. ¿Qué quiere decir con que "es inútil"? Pero si se lo he pedido con amabilidad, ¿cómo que es inútil? ¡Un momento! ¿No será que tiene algo que ver con alguna otra regla? ¿Tendré que esclarecerla si quiero salirme con la mía? Aunque, me parece que eso de que "es inútil" va de otra cosa.»

Estas fueron las palabras que rondaron de manera frenética por la cabeza de Fumiko durante unos instantes. Pensó todo esto, pero lo único que pudo articular fue una pregunta de lo más normal y corriente.

—¿Por qué?

Fumiko se volvió hacia Kazu y le dedicó una ingenua mirada infantil. Su interlocutora se quedó observándola fijamente en respuesta.

—Esta mujer... es un fantasma —anunció.

Kazu dijo aquello con tal convicción en su tono de voz que era imposible que fuera mentira.

La cabeza de Fumiko empezó a darle vueltas de nuevo.

«¿Un fantasma? ¿Un fantasma errante de los que hacen "buuu"? ¿Uno de esos que salen bajo los sauces llorones en verano?* Lo ha soltado tal cual y se ha quedado tan pancha, pero ¿puede que lo haya entendido mal? ¿Fantasma? ¿O quizá ha dicho «cataplasma»? ¿O «asma»? Aunque no parece que esta señora tenga asma ni que lleve ninguna cataplasma. Puede que no lo haya entendido bien pero, no, se mire como se mire, la mujer del vestido parece sana. Ni tiene asma ni lleva una cataplasma.»

A Fumiko, confusa, la cabeza le daba vueltas y más vueltas pero, de nuevo, lo único que pudo articular fue otra pregunta de lo más normal y corriente:

—¿Un fantasma?

—Sí.

—Es broma, ¿no?

—En absoluto.

* Según la cultura popular japonesa, los fantasmas aparecen bajo los sauces en verano. *(N. de la T.)*

Fumiko se había quedado patidifusa. No era momento de ponerse a discutir si los fenómenos paranormales existían o no. A sus ojos, la mujer del vestido que estaba sentada ante ella era demasiado real.

—Pero si se puede ver —dijo Fumiko.

—Con total claridad —acabó Kazu la frase con rapidez, como si ya la tuviera preparada.

—Pero... —replicó Fumiko perdiendo los estribos ante la inmediata respuesta de Kazu.

Instintivamente, Fumiko extendió la mano hacia los hombros de la mujer del vestido.

—Puedes tocarla —le dijo Kazu a Fumiko antes de que llegara a hacerlo.

La camarera soltó aquello como si también tuviera esa frase preparada. Entonces, Fumiko puso la mano sobre el hombro de la mujer del vestido como si quisiera comprobarlo. Y, en efecto, sintió el tacto del cuerpo y de la ropa que cubría su suave piel. No podía creer que aquella mujer fuera un fantasma. Poco a poco, apartó la mano y a continuación la posó de nuevo encima del hombro mientras se volvía hacia Kazu como diciéndole con la mirada que era muy raro que pudiera tocarla con tanta facilidad y que a la vez fuera un fantasma. Pero Kazu ni se inmutó.

—Es un fantasma —dijo.

—¿De verdad?

Fumiko se quedó mirando fijamente a la mujer del vestido bordeando la mala educación.

—Sí —respondió Kazu sin ningún resquicio de duda.

—¡No me lo puedo creer!

A Fumiko no le entraba en la cabeza que la mujer que tenía ante sus ojos fuera un fantasma. Si la hubiera podido ver con claridad pero no la hubiera podido tocar, lo habría entendido. Sin embargo, ese no era el caso. Además de poder tocarla, también tenía piernas. No había visto el título del libro que estaba leyendo, pero parecía uno de lo más normal, de los que venden en cualquier parte. Llegados a este punto, Fumiko sacó una conclusión: «En realidad, volver al pasado es imposible. No se puede viajar en el tiempo en esta cafetería, pero deben decirlo para atraer clientes. Seguramente, todas esas engorrosas reglas que ha comentado Kazu son trabas para desalentar a los clientes que quieren regresar al pasado. Si el primer obstáculo no les impide ir y siguen queriendo hacerlo, entonces les ponen otro más. Y esto del fantasma es para meterles el miedo en el cuerpo y que se olviden de la idea. El comportamiento de la mujer del vestido haciendo ver que es un fantasma es puro teatro».

Fumiko se obstinó en estos pensamientos. Vale, podía ser mentira, pero aunque lo fuera no pensaba quedarse de brazos cruzados. Así que volvió a dirigirse a la mujer del vestido con educación:

—Disculpe, ¿sería tan amable de dejar que me sentara en este asiento solo durante un ratito?

Sin embargo, la mujer del vestido, haciendo oídos sordos a las palabras de Fumiko, no se movió ni un ápice y siguió sumida en su lectura.

Esta se ofendió porque la había vuelto a ignorar y la agarró por los dos brazos.

—¡No! ¡No hagas eso! —le advirtió Kazu alzando la voz.

—¡Oye! ¡No me ignores! —dijo Fumiko, y después empezó a tirar con fuerza de la mujer del vestido para intentar sacarla de la silla.

Entonces, justo en ese preciso instante...

—¿Eh? —dijo extrañada Fumiko.

La mujer del vestido había abierto los ojos de par en par y había clavado la mirada en ella. De inmediato, le invadió una sensación de pesadez en todo el cuerpo, como si de repente le hubieran tirado encima diez futones.

La iluminación del local empezó a parpadear y se tornó más tenue. Parecía que ahora la luz de la cafetería se limitara tan solo a la llama de una vela. Entonces, de repente, se oyó la reverberación de un funesto gemido fantasmagórico salido de la nada. Fumiko se quedó paralizada, cayó de rodillas y acabó de cuatro patas en el suelo.

—¡No! ¿Qué está pasando? ¿Qué está pasando?

Algo extraño estaba ocurriendo, pero Fumiko no tenía ni idea de qué.

Kazu únicamente puso cara de cierta estupefacción.

—Un maleficio —anunció.

Fumiko no entendió aquello a la primera.

—¿Cómo? —preguntó con una especie de gruñido, pero no pudo soportar más esa fuerza invisible que aumentaba con rapidez de peso y acabó tendida en el suelo boca abajo.

—¿Eh? ¿Qué es esto? ¿Qué está pasando? ¿Qué está pasando?

—Es un maleficio. Si la intentas forzar a algo, tal como has hecho, te lanza un conjuro —respondió Kazu, y a continuación se metió en la cocina dejando a Fumiko tendida en el suelo.

Esta no pudo ver desde su posición cómo Kazu entraba en la cocina pero, al tener una de las orejas totalmente pegada al suelo, lo dedujo con facilidad al oír cómo sus pasos se alejaban. Tenía tanto miedo que sentía el cuerpo agarrotado como si se hubiera zambullido en agua helada.

—¿Cómo? ¡No puede ser! ¿Y ahora? ¿Qué va a pasar?

Sin embargo, no obtuvo ninguna respuesta de Kazu. A Fumiko el cuerpo le temblaba a más no poder. La mujer del vestido seguía con la mirada clavada en ella con cara de espanto. Era como si fuera otra persona por completo distinta de aquella que, hasta hacía un momento, estaba leyendo un libro con tanta tranquilidad. Fumiko volvió a gritar hacia la cocina.

—¡Ayúdame! ¡Ayúdame, por favor!

Fumiko no sabía si Kazu había oído sus gritos o no, pero regresó sin rechistar. Tampoco podía ver que llevaba en la mano la cafetera de cristal llena de café. A medida que sus pasos se acercaban, Fumiko entendía cada vez menos todo aquello: las reglas, el fantasma, el conjuro. La situación no podía ser más confusa. Sin embargo, Kazu no se había pronunciado sobre si la ayudaría o no.

—¡Ayúdame! —repitió Fumiko gritando todavía más fuerte.

Entonces, justo en ese momento...

—¿Más café? —oyó que Kazu le preguntaba la mar de alegre a la mujer del vestido.

Fumiko se puso furiosa. Kazu no solo estaba haciendo caso omiso de sus gritos de pánico y pasaba de ayudarla, sino que encima se había puesto a ofrecer más café a la mujer.

«Reconozco que ha estado mal por mi parte no creerla cuando me ha dicho que era un fantasma y haberla agarrado con fuerza de los brazos para sacarla de la silla, pero ¿¡cómo puede ser que me ignore cuando le pido ayuda y que se ponga a ofrecerle café!? ¡Los fantasmas no necesitan tomar café!, ¿no?», pensó Fumiko sin conseguir articular palabra.

—¿¡Me estás tomando el pelo!? —soltó por fin.

Pero justo en ese instante...

—Sí, por favor —se oyó que decía una nítida voz.

Pertenecía a la mujer del vestido. Y en ese momento, de repente, Fumiko sintió que su cuerpo recuperaba la ligereza natural.

—¡Ah!

El maleficio se había deshecho. Fumiko se puso de rodillas con la respiración entrecortada y dirigió una penetrante mirada a Kazu, que ladeó levemente la cabeza como diciendo «¿qué pasa?». La mujer del vestido tomó un sorbo del café que le habían servido y volvió a ponerse a leer el libro con toda la calma del mundo.

Kazu, como si no tuviera ninguna intención de dar explicaciones sobre lo que acababa de pasar, se metió en la cocina para dejar allí la cafetera de cristal.

Fumiko volvió a extender la mano hacia el hombro de la mujer con cautela. Le temblaban los dedos. Seguía allí. Existía.

Todavía muy confusa, no sabía qué hacer. Sin embargo, había notado todo aquello en sus propias carnes. Sin duda, al cuerpo de Fumiko lo había empujado una fuerza invisible. No le cabía en la cabeza la situación, pero su corazón ya la había asimilado y le estaba bombeando sangre por todo el cuerpo.

Se puso en pie y se apoyó estremecida en la barra, justo cuando Kazu volvía de la cocina.

—¿De verdad que es un fantasma? —le preguntó Fumiko con los ojos temblorosos e inquietud en la mirada.

—Sí —se limitó a responder Kazu, y a continuación se puso a rellenar la azucarera que había encima de la barra.

Era la primera vez que Fumiko experimentaba una cosa así pero, para Kazu, no había sido más que una escena tan cotidiana como la tarea que estaba realizando en ese momento.

A Fumiko todo aquello no le entraba en la cabeza pero llegó a la conclusión de que, si aquella mujer fantasma podía lanzar maleficios de verdad, cabía la posibilidad de que la historia de los viajes al pasado fuera cierta. Como había vivido un conjuro en sus propias carnes, su incredulidad al respecto había cambiado y estaba medio convencida de que tal vez era posible.

Sin embargo, había un problema: según las reglas, para viajar al pasado, tenías que sentarte en un asiento en particular, pero había una mujer fantasma en él. Además, no oía lo que le decías y, si la forzabas a algo, te lanzaba un maleficio. ¿Qué diantres podía hacer?

—Tu única opción es esperar —dijo Kazu como si le hubiera leído el pensamiento a Fumiko.

—¿Qué quieres decir con eso?

—Se levanta para ir al cuarto de baño una vez al día sin falta.

—¿Los fantasmas también van al baño?

—Podrás sentarte en la silla durante el rato en que esté fuera.

Fumiko se quedó mirando fijamente a los ojos a Kazu, quien asintió con la cabeza. Parecía que aquella era la única manera de hacerlo. En cuanto a la pregunta de Fumiko, como Kazu no había entendido si era en serio o en broma, la ignoró.

—Hummm —dijo Fumiko, y respiró hondo.

No podía desaprovechar esa oportunidad. Si fuera Warashibe Chōja, se aferraría sin duda a esa pajita.*

—De acuerdo. ¡Esperaré! ¡Sí, eso haré!

—Debes saber también que no distingue entre el día y la noche.

—Vale, vale. —Fumiko estaba desesperada de verdad—. ¿Hasta qué hora abrís?

—Hasta las ocho de la tarde aproximadamente, pero, si decides esperar, puedes quedarte hasta la hora que quieras.

—De acuerdo.

Fumiko se dejó caer en una silla de la mesa de en medio de las tres que había, hasta quedar cara a cara con la mujer del vestido, y se cruzó de brazos, impaciente.

—¡Lo conseguiré! —dijo con la mirada clavada en la mujer del vestido.

Como siempre, esta seguía leyendo la novela con toda la calma del mundo.

—Hummm —suspiró Kazu brevemente.

¡Tolón, tolón!

—¡Adelante!

Una mujer que parecía tener cuarenta y pocos años cruzó el umbral de la entrada.

* Warashibe Chōja es un personaje de un cuento popular japonés que, partiendo solo de una brizna de paja que fue cambiando a través de una serie de trueques, se hizo rico. *(N. de la T.)*

—Ah, señora Kōtake.

La tal señora Kōtake llevaba una chaqueta azul encima de un uniforme de enfermera y un bolso de lo más normal colgado al hombro. Tenía la respiración entrecortada, como si hubiera ido corriendo.

—Gracias por llamarme —dijo un poco acelerada mientras se llevaba la mano al pecho para calmar la respiración.

Kazu respondió a su agradecimiento con una sonrisa y una reverencia con la cabeza. Después se metió en la cocina. La señora Kōtake dio dos o tres pasos hacia el tal señor Fusagi, que estaba sentado en la mesa más cercana a la entrada, pero este no dio ninguna señal de haberse percatado de su presencia.

—Fusagi —le dijo la señora Kōtake con voz dulce, como si le hablara a un niño.

A saber si se había percatado de que lo habían llamado por su nombre o no, pero el señor Fusagi se quedó unos instantes sin reaccionar, y no alzó su rostro ausente hasta que vio de reojo la figura de alguien.

—Kōtake —murmuró el hombre con cara de extrañeza tras comprobar que era la mujer de uniforme de enfermera.

—Sí, soy yo, Kōtake —respondió esta con nitidez.

—¿Qué sucede?

—Estoy en mi hora de descanso y he pensado en salir a tomar un café.

—¿Ah, sí? —respondió el señor Fusagi y, a continuación, volvió a fijar la mirada en la revista.

La señora Kōtake se quedó mirando al señor Fusagi a la vez que se sentaba poco a poco en la silla de delante, pero este se limitó a pasar las páginas de la revista sin reaccionar de ningún modo en particular.

—Últimamente vienes bastante por aquí, ¿no? —preguntó la señora Kōtake mientras miraba a su alrededor con suma atención como si fuera la primera vez que visitaba el local.

—Sí —respondió el señor Fusagi sucinto.

—Es tu lugar preferido, ¿verdad?

—Bueno, no sé si lo es, pero... —respondió el señor Fusagi dando a entender que en realidad sí que era su sitio favorito, y despúes esbozó una sonrisa—. En realidad estoy esperando —le susurró.

—¿A qué? —preguntó ella.

El señor Fusagi volvió la cabeza en dirección a la mujer del vestido.

—A que ese asiento se quede libre —respondió.

Por alguna razón, el rostro del señor Fusagi se iluminó como el de un niño.

En aquella cafetería no era necesario aguzar el oído para enterarse de las conversaciones que tenían lugar en ella, puesto que era un lugar pequeño. Con naturalidad, las palabras del señor Fusagi llegaron a los oídos de Fumiko.

—¿Cómo? —Alzó la voz esta, sorprendida de saber que, al igual que ella, el señor Fusagi estaba esperando a que la mujer del vestido se levantara para ir al cuarto de baño y poder volver al pasado.

Al oír la exclamación de Fumiko, la señora Kōtake volvió la cabeza hacia ella y la miró un instante, pero el señor Fusagi no mostró ningún interés especial en la chica.

—¿Ah, sí? —preguntó la señora Kōtake.

—Sí —se limitó a responder el señor Fusagi y, a continuación, tomó un sorbito de café.

«¡No puedo creer que me haya salido un contrincante!», pensó Fumiko agitada. Pero en ese mismo instante comprendió que, si los dos tenían el mismo objetivo, la que estaba en desventaja era ella, dado que cuando ella había llegado a la cafetería, el señor Fusagi ya estaba allí. Por tanto, si había un orden de cola, él iba primero. Por educación, Fumiko no podía pasar delante. Como la mujer del vestido iba al baño una vez al día, existía también el mismo número de posibilidades de volver al pasado. Fumiko deseaba viajar pronto en el tiempo pero, por mucho que no quisiera, debía esperar un día más. Ante tal desarrollo de los acontecimientos, tenía los nervios a flor de piel.

Fumiko reclinó un poco el cuerpo para aguzar el oído y escuchar con claridad si el señor Fusagi realmente estaba allí porque quería volver al pasado.

—¿Has podido sentarte hoy?

—La verdad es que no.

—¿Ah, no?

—No.

La conversación entre ellos estaba yendo mucho peor de lo que Fumiko se había imaginado, por lo que frunció el ceño.

—¿Cuál es tu objetivo para viajar al pasado? —preguntó la señora Kōtake.

No cabía duda. El señor Fusagi estaba esperando a que la mujer del vestido fuera al cuarto de baño. Fumiko quedó tocada emocionalmente, por lo que mostró su abatimiento en el rostro y volvió a reclinarse sobre la mesa. Ajenos al estado de conmoción de la chica, la señora Kōtake y el señor Fusagi prosiguieron con su conversación.

—¿Hay algo que quieras arreglar?

—Bueno... —El señor Fusagi se quedó pensativo—. Es un secreto —respondió con voz infantil y una sonrisa en el rostro.

—¿Ah, sí?

—Sí.

A pesar de que le acabaran de decir que era un secreto, la señora Kōtake sonrió como si aquello la hiciera feliz. A continuación, dirigió la mirada hacia el asiento donde estaba la mujer del vestido.

—Pero quizá hoy ya no necesite ir al baño, ¿no?

Fumiko no esperaba oír aquellas palabras.

—¿Cómo?

La chica alzó la cabeza con semblante incrédulo. La levantó con tanto ímpetu que casi pudo oírse el movimiento.

¿Era posible que el fantasma no necesitara ir al baño? Kazu había dicho que iba al baño una vez al día «sin falta». Por tanto, según la suposición de que quizá ya no necesitara ir al cuarto de baño cabía la posibilidad de que la mujer del vestido ya hubiera ido hoy. No, era imposible. No quería que resultara así.

Deseosa de que aquello no fuera cierto, Fumiko esperó a que el señor Fusagi prosiguiera con la conversación.

—Quizá tengas razón —reconoció tan tranquilo.

«¡No puede ser!», pensó Fumiko a la vez que abría la boca de par en par como si fuera a gritar, aunque se llevó tal disgusto que no le salió la voz. «¿Por qué demonios la mujer del vestido ya no tendría que ir hoy al baño?» Quizá la tal Kōtake sabía algo. Fumiko debía sacar algo en claro de todo aquello.

Sin embargo, entre la señora Kōtake y el señor Fusagi se había creado una atmósfera en la que, por alguna razón, Fumiko no podía entrometerse. De hecho, supo leer correctamente la situación porque, de algún modo, la señora Kōtake le estaba haciendo señales con el cuerpo para que no los molestara. Fumiko no sabía por qué no podía hacerlo, pero era cierto que allí no había espacio para una tercera persona, por lo que no podía hacer nada, desconcertada.

Entonces, de repente...

—Entonces ¿qué te parece si nos vamos? —le dijo la señora Kōtake al señor Fusagi con voz cariñosa.

—¿Cómo?

Aquello suponía una gran oportunidad para Fumiko. Dejando a un lado que la mujer del vestido hubiera ido ya al baño o no, si el señor Fusagi regresaba a casa, su contrincante desaparecería.

La señora Kōtake había sugerido que la mujer del vestido quizá ya no iría al baño durante ese día y el señor Fusagi había reconocido calmado que podría ser; pero, al fin y al cabo, solo había dicho «quizá tengas razón». A pesar de sus palabras, el señor Fusagi podría estar pensando perfectamente algo como: «Bueno, pero veamos qué pasa». Si se lo hubieran preguntado a Fumiko, sin duda alguna ella habría respondido que quería esperar. Sin embargo, para no crearse demasiadas expectativas, esta concentró todas sus energías en escuchar la respuesta del señor Fusagi. Era todo oídos.

El hombre dirigió la mirada a la mujer del vestido y se lo pensó un poco.

—Sí, mejor dejémoslo por hoy —dijo.

La respuesta fue tan sucinta que Fumiko se llevó una decepción, pero, a la vez, se emocionó y el corazón se le puso a mil.

—Bien, pues nos iremos cuando te termines el café —dijo la señora Kōtake mirando la taza todavía medio llena.

No obstante, el señor Fusagi puso cara de que por él ya podían irse.

—No te preocupes. Total, ya se ha enfriado —repuso.

A continuación recogió con torpeza la revista, el bloc de notas, el lápiz, un sobre y otras cosas que había encima de la mesa, se levantó y se dirigió hacia la caja mientras se ponía una chaqueta con cuello de borrego de las que suelen llevar los operarios públicos en Japón.

Rápidamente, Kazu volvió de la cocina y el señor Fusagi cogió la cuenta.

—¿Cuánto es? —preguntó el hombre.

Kazu marcó la cantidad de dinero en las teclas de la caja registradora con el repiqueteo típico de los modelos antiguos. Mientras tanto, el señor Fusagi rebuscó algo en una bolsa y después en los bolsillos de la camisa y de los pantalones.

—¡No puede ser! No encuentro la cartera —murmuró.

Quizá se la había dejado. Revisó varias veces los mismos sitios, pero esta no aparecía. El señor Fusagi puso cara de estar a punto de romper a llorar.

Entonces, de manera inesperada, la señora Kōtake apareció ante él y se la entregó.

—Ten.

Era una cartera de hombre de las que se doblan por la mitad. Tenía la piel gastada por el uso y abultaba mucho porque contenía muchos papeles que parecían recibos. El señor Fusagi se quedó observándola durante unos instantes. No es que dudara en coger la cartera que le había dado la señora Kōtake, pero tenía la mirada ausente.

Al fin, la agarró sin hacer ningún comentario al respecto.

—¿Cuánto es? —preguntó, y empezó a rebuscar monedas en la cartera con toda naturalidad.

Durante ese rato, la señora Kōtake no dijo nada. Se limitó a observar al señor Fusagi desde detrás hasta que este terminó de pagar.

—Son trescientos ochenta yenes.

El señor Fusagi sacó una moneda y se la dio a Kazu.

—Gracias. Ahora mismo le doy el cambio.

Tras recibir el dinero, pulsó las teclas de la caja y cogió el cambio haciendo entrechocar las monedas con un tintineo.

—Y sus ciento veinte yenes —dijo Kazu, y muy educadamente le hizo entrega del cambio junto con el recibo.

—Estaba muy rico —repuso el señor Fusagi.

A continuación, guardó el cambio de manera minuciosa en la cartera, que metió en su bolsa, la cerró y, como si se hubiera olvidado de que Kōtake estaba allí, salió a toda prisa de la cafetería.

¡Tolón, tolón!

—Muchas gracias —se limitó a decir la señora Kōtake a Kazu sin cambiar la expresión del rostro, y salió corriendo detrás del señor Fusagi.

¡Tolón, tolón!

—Qué gente más rara —murmuró Fumiko.

Kazu recogió lo que había encima de la mesa que había ocupado el señor Fusagi y volvió a meterse en la cocina.

La repentina aparición de un contrincante había puesto a Fumiko un poco nerviosa, pero, al quedar únicamente ella y la mujer del vestido en el local, se sintió triunfante.

—Ya no tengo que competir con nadie. Ahora solo debo esperar a que el asiento quede libre —dijo.

Como no había ventanas y los tres relojes de pared marcaban horas distintas, y al no haber clientes entrando y saliendo de la cafetería, Fumiko había perdido la noción del tiempo, así que iba repasando las reglas que debían seguirse para regresar al pasado mientras daba algunas cabezaditas.

La primera establecía que en el pasado solo se encontraría a alguien que ya hubiera estado en la cafetería. Por pura casualidad, la última conversación que había tenido con Gorō había sido allí.

La segunda regla establecía que, una vez en el pasado y por mucho que te esforzaras, el presente no cambiaría. Es decir, por mucho que volviera una semana atrás y le pidiera a Gorō que no se marchara, este se iría a Estados Unidos de todas formas. Fumiko se preguntó por qué existían esas reglas y le invadió la desolación pero, al fin y al cabo, no eran más que meras normas, así que decidió resignarse.

La tercera regla establecía que para volver al pasado debías sentarte en un asiento en particular: la silla en la que en ese momento se encontraba la mujer del vestido. Y además, si la forzabas a hacer algo en contra de su voluntad, la mujer te lanzaba un maleficio.

La cuarta regla establecía que, por mucho que volvieras al pasado, no podías moverte de ese asiento. Es decir, aunque tuvieras alguna razón para hacerlo, durante el rato en que estuvieras en el pasado, no podías moverte, ni siquiera para ir al cuarto de baño.

La quinta regla establecía que había un límite de tiempo. Fumiko se dio cuenta de que desconocía los detalles concretos de esta norma. No tenía ni idea de si sería mucho rato o poco.

Fumiko dio mil y una vueltas a estas reglas. Entre las muchas cosas en las que pensó se preguntó una y otra vez si regresar al pasado tenía de verdad algún sentido y si, aunque el presente no fuera a cambiar, era mejor volver y soltarle a Gorō todo lo que le quería decir.

Revisó mentalmente las reglas tantas veces que acabó por no saber qué pensar y, al final, se durmió reclinada encima de la mesa.

En su tercera cita, Fumiko había presionado un poco a Gorō preguntándole por sus sueños de futuro. Gorō era lo que se llama un *otaku*. Le gustaba jugar a juegos de ordenador MMORPG (*Massively Multiplayer Online Role-playing Games*, es decir, videojuegos de rol multijugador en línea). El tío de Gorō era el desarrollador de un juego MMORPG a escala mundial llamado *Arm of Magic*. Como era de esperar, desde que Gorō era muy pequeño, este tío había influido mucho en él. Su sueño siempre había sido entrar a trabajar en la empresa de videojuegos de su tío, TIP-G. Para poder llegar a ser candidato a las pruebas de selección de TIP-G era necesario haber desarrollado en solitario el programa de un juego todavía inédito y tener por lo menos cinco años de experiencia como desarrollador de sistemas en el ámbito sanitario, puesto que en este sector la vida de las personas no solo depende de los sistemas, sino que los errores son intolerables. En la actualidad, la mayoría de las empresas de videojuegos en línea toleran los errores porque pueden actualizar sus juegos después del lanzamiento, pero TIP-G seleccionaba a personal con experiencia en sistemas sanitarios para conseguir la excelencia de sus programas.

Cuando Fumiko oyó esta historia, pensó que era un sueño realmente magnífico, pero no sabía que las oficinas centrales de TIP-G estaban en Estados Unidos.

Durante su tercera cita, mientras ella esperaba a Gorō, un par de chicos habían empezado a decirle cosas. Esto es, intentaron ligar con ella. Ambos eran atractivos, pero Fumiko pasó de ellos. Para ella, que la piropearan era el pan nuestro de cada día y había desarrollado sus propias técnicas para salir airosa de estas situaciones. Sin embargo, Gorō apareció justo en ese momento y, al verlo, se agobió y puso una cara de palo. Fumiko se acercó a la carrera a donde estaba él pero los dos chicos lo miraron con desdén, se burlaron de él en voz alta y empezaron a decirle tonterías a Fumiko, mientras Gorō permanecía en silencio con la cabeza gacha. Al final ella volvió la cabeza hacia los dos chicos y, atropelladamente, les dijo en inglés que ellos no eran capaces de apreciar su atractivo; después, en ruso, que él era muy valiente en el trabajo llevando a cabo tareas difíciles; a continuación, en francés, que tenía una fuerza de voluntad de hierro; en griego, que además tenía la habilidad de conseguir lo imposible; en italiano, que era muy consciente de que esta facultad le costaba muchos esfuerzos; en español, que según ella era el hombre más atractivo que existía; y, finalmente, en japonés, que no le importaría salir con ellos en el caso de que hubieran entendido todo aquello que les acababa de decir. Los dos hombres se quedaron pasmados, se miraron avergonzados y se fueron de allí.

Después, Fumiko volvió la cabeza hacia Gorō y le dedicó una sonrisa.

—Por supuesto, tú has entendido todo lo que les acabo de decir, ¿verdad? —le preguntó en portugués, idioma que justo acababa de empezar a estudiar.

Gorō asintió tímidamente con la cabeza.

En la décima cita, él le confesó que hasta entonces no había salido con ninguna chica.

—Bueno, entonces yo seré la primera —dijo Fumiko alegre y a Gorō, al escuchar eso, se le abrieron los ojos como platos de la sorpresa.

Podría decirse que así nació su relación de pareja.

Fumiko llevaba un buen rato dormida cuando, de repente, la mujer del vestido cerró el libro que estaba leyendo con un golpe seco. A continuación suspiró profundamente, sacó un pañuelo de un color blanco impoluto del interior de un neceser del mismo color y se levantó despacio. La mujer se dirigió al cuarto de baño andando con pasos silenciosos.

Fumiko no se había dado cuenta de que la mujer se había levantado para ir al baño y seguía durmiendo.

Entonces, Kazu apareció en el cuarto del fondo. La cafetería debía de estar todavía abierta porque iba vestida de uniforme con una camisa blanca, una pajarita negra, un chaleco, unos pantalones negros y un delantal de sumiller. Llamó a Fumiko mientras limpiaba la mesa de la mujer del vestido.

—Disculpa.

—Hummm.

—Disculpa.

—Hummm. ¿Sí? —preguntó Fumiko, extrañada, levantando la parte superior del cuerpo.

Empezó a parpadear con los ojos todavía medio cerrados mirando alrededor del local sin entender nada, hasta que al final se dio cuenta de que algo importante había cambiado. La mujer del vestido no estaba en su sitio.

—¡Ah!

—El asiento se ha quedado libre. ¿Quieres sentarte?

—Sí. ¡Claro!

Fumiko se levantó confusa y se plantó ante el asiento de marras. Se quedó observándolo fijamente durante unos instantes, como si saboreara el momento. Vista así, parecía una silla de lo más normal. El corazón empezó a palpitarle con más fuerza.

Superadas las reglas y el maleficio, por fin tenía en sus manos el billete para viajar al pasado.

—Al fin puedo viajar a la semana pasada.

Fumiko respiró larga y profundamente para calmar su corazón impaciente y a continuación deslizó el cuerpo entre la silla y la mesa muy poco a poco.

—Hummm.

Fumiko pensó que cuando apoyara el trasero en esa silla viajaría una semana en el tiempo y, en ese momento, los nervios y la excitación que sentía alcanzaron su apogeo. Se sentó con tanto ímpetu que casi rebotó en ella.

—¡Por favor! ¡Llévame a la semana pasada! —exclamó.

Fumiko hinchó el pecho expectante y observó el local. Al no haber ventanas, no se sabía si era de día o de noche y, como los tres relojes antiguos de pared marcaban cada uno un tiempo distinto, era imposible saber qué hora era. Tenía que haber algo diferente. Fumiko observó el local con mirada escrutadora buscando desesperadamente alguna evidencia que le indicara que había vuelto a la semana anterior. No obstante, no consiguió ver nada distinto. Si hubiera vuelto siete días atrás, Gorō tendría que estar allí, pero este no se encontraba por ningún lado.

—No he vuelto a la semana pasada, ¿verdad? —refunfuñó Fumiko.

Así era, todavía no había regresado al pasado.

«Haber creído algo tan poco realista como que podía viajar en el tiempo es propio de tontos», pensó Fumiko.

Justo cuando ya no podía contener más los nervios, Kazu apareció con una bandeja de plata en la que llevaba una jarrita también del mismo metal y una taza de un color blanco inmaculado.

—¡Oye! ¡No he vuelto al pasado! —espetó Fumiko irreflexivamente y con un tono maleducado.

Sin embargo, Kazu ni se inmutó.

—Hay otra regla —le soltó.

Otra más. Para volver al pasado no bastaba solo con sentarse en esa silla.

—¿Otra regla? —repitió Fumiko fastidiada al oír que había una nueva. Por otro lado, saber que la posibilidad de volver al pasado seguía abierta la alivió un poco.

Kazu prosiguió con la explicación sin preocuparse lo más mínimo por el estado anímico de Fumiko.

—Ahora te serviré café —le dijo Kazu mientras dejaba una taza ante ella.

—¿Café? ¿Y por qué?

—Tu viaje al pasado empezará a partir del momento en que te sirva el café en la taza —dijo Kazu ignorando por completo la pregunta de Fumiko.

Hasta aquí esta había seguido la explicación con esmero y se sentía entusiasmada.

—Y podrás permanecer allí solo hasta que el café se enfríe.

El entusiasmo de Fumiko se desvaneció al instante.

—¿Cómo? ¿Tan poco rato?

—Esta última regla es importantísima.

La conversación prosiguió. Fumiko estaba empezando a entender el mecanismo.

—Cuántas reglas —se limitó a murmurar mientras asía la taza de café que tenía delante.

En ella no había nada fuera de lo común. Fumiko pensó que, aunque todavía no contenía café, comparada con otras tazas de porcelana quizá estaba un poco más fría de lo normal.

—¿Estás lista? Cuando vuelvas al pasado, tómate el café antes de que se enfríe, por favor —prosiguió Kazu.

—¿Eh? Pero si a mí no me gusta el café.

Kazu acercó su rostro a unos pocos centímetros de la nariz de Fumiko.

—Lo único que te pido es que cumplas esta regla, por favor —dijo flojito, con firmeza y abriendo más los ojos.

—¿Eh?

—Si no volvieras, te pasaría algo grave.

—¿Cómo? ¿Qué?

A Fumiko le entró el pánico. Aquello no entraba en sus planes. Viajar al pasado va en contra de las leyes de la naturaleza. Por tanto, hacerlo conllevaba sus riesgos. Sin embargo, aquel no era el momento para revelar eso. Fumiko se quedó como si fuera una guardameta a quien acabaran de meter un gol. No obstante, ya que había llegado hasta ahí no podía darse por vencida ahora, así que se quedó observando a Kazu con cautela.

—Dime: ¿qué me pasaría?

—Si dejaras que se enfriara y no te lo tomases...

—¿Sí?

—Te convertirías en un fantasma y permanecerías aquí sentada.

Un trueno estalló en la cabeza de Fumiko.

—¿Cómo?

—De hecho, la mujer que estaba sentada aquí hace un momento...

—¿No cumplió la regla?

—Así es. Ella fue a encontrarse con su marido, que había fallecido, pero supongo que el tiempo se le pasó sin que lo advirtiera. Y, cuando se dio cuenta, el café se le había enfriado.

—¿Y se convirtió en fantasma?

—Sí.

Fumiko se fijó en la serenidad con la que respondía Kazu y a continuación pensó que aquello conllevaba más riesgos de los que se había imaginado.

Hasta donde sabía, para volver al pasado había un montón de reglas engorrosas. Y, encima, a esto se añadía un fantasma que le había lanzado un maleficio.

Sin embargo, la conversación acababa de encaminarse hacia otros derroteros. Cabía la posibilidad de viajar al pasado. Pero la limitación de tiempo estaba marcada por el rato que tarda un café en enfriarse. Fumiko desconocía cuántos minutos se mantiene una taza caliente, pero pensó que no debía ser mucho tiempo. Aunque a ella no le gustaba el café, por lo menos dispondría del tiempo suficiente para tomárselo. Hasta ahí, todo bien. Pero eso de que si no se lo terminaba se transformaría en un fantasma ya era otro cantar. La regla de que, por mucho que se esforzara en el pasado, el presente no cambiaría no conllevaba ningún riesgo. En ella no había ninguna ventaja, pero tampoco ningún inconveniente. Sin embargo, convertirse en fantasma era sin duda una gran desventaja.

Fumiko empezó a temblar y le afloraron un sinfín de miedos. El primero de todos era que el café que le iba a servir Kazu le sentara mal. Si este tenía solo el sabor habitual, esto tendría un pase, pero si llevaba especias picantes o *wasabi* no se lo podría tomar de ninguna de las maneras. Uf, estaba pensando demasiado, así que meneó la cabeza para sacarse el miedo de encima.

—Bueno, si me tomo el café antes de que se enfríe, no pasará nada, ¿verdad?

—Así es.

Fumiko estaba decidida a hacerlo. O, mejor dicho, se había empecinado en ello. Mientras tanto, Kazu seguía tan tranquila. Aunque le hubiera dicho «será mejor que me quite esta idea de la cabeza», seguramente tampoco se habría inmutado.

Fumiko cerró los ojos unos instantes, apretó los puños con fuerza y los dejó sobre las rodillas. A continuación, respiró hondo por la nariz, como si quisiera concentrarse.

—Vale. Sírveme café, por favor —le dijo a Kazu mirándola a los ojos tras haber hecho acopio de fuerzas.

Esta asintió con la cabeza y cogió la jarrita de plata de la bandeja con la mano derecha. Luego miró hacia abajo para observar a Fumiko.

—Tómate el café —empezó a decir— antes de que se enfríe. —Y terminó la frase con un susurro.

Kazu empezó a servir el café en la taza con gran detalle y minuciosidad. Se movía con soltura en una bella secuencia de movimientos: fluía como si de un ritual majestuoso se tratara.

A Fumiko le pareció que el vapor del humeante café servido en la taza se enroscaba hacia arriba y que, con él, todo lo que había alrededor de la mesa empezaba a desfigurarse sumido en una especie de vaivén. Le entró miedo y cerró los ojos, pero tuvo la sensación de que ella, al igual que el vapor, se desfiguraba en ese bamboleo cada vez más brusco.

Cerró los puños con fuerza. En ese momento no debía estar ni en el presente ni en el futuro y se preguntó si habría desaparecido entre el humo. A pesar de estar muerta de miedo, Fumiko se puso a pensar en el día en que conoció a Gorō.

Se habían encontrado por primera vez un día de primavera de hacía dos años, cuando ella tenía veintiséis años y él, veintitrés.

A Fumiko le habían asignado un puesto temporal como jefa de un proyecto en el que participaba personal de varias empresas, y entre cuyos empleados se encontraba Gorō.

En el trabajo Fumiko siempre daba lo mejor de sí misma, era indiferente que colaborase con personas con más o menos experiencia que ella. No obstante, esto a veces también le causaba conflictos tanto con sus jefes como con sus colegas. Pese a ello, era honesta y directa, y nadie tenía ningún tipo de quejas sobre ella porque trabajando era muy eficiente.

Aunque era tres años menor que Fumiko, Gorō aparentaba ya los treinta. A decir verdad, parecía mucho mayor. Al principio, Fumiko no se dio cuenta de ello y hasta le había llegado a hablar de usted.

No obstante, a pesar de ser el más joven del equipo, era el que mejor hacía su trabajo. Tenía tanto talento como ingeniero y trabajaba tan bien que la impresión de Fumiko es que podía confiar en él.

Un día cercano a la fecha límite de una entrega, descubrió un virus peligroso, que provocaba errores y hacía que el sistema informático fallara. En el ámbito sanitario, por muy normales que sean, los virus son fatales. Y, tal como estaban las cosas, no podían cumplir con la entrega. Pero encontrar el origen del virus era tan difícil como destilar y encontrar una gota de tinta derramada en una piscina de veinticinco metros. No había tiempo. Si no lo terminaban a tiempo, la responsabilidad recaería sobre Fumiko al ser la jefa del proyecto. Faltaba aún una semana para la fecha de entrega y llegaron a la conclusión de que tardarían como mínimo un mes en solucionar el problema del virus, por lo que se rindieron ante la imposibilidad de llegar a la fecha de entrega. Fumiko incluso estaba pensando en enviar una carta de dimisión.

Entretanto, Gorō se había desvanecido de su puesto de trabajo. Llevaba días sin dar señales de vida y habían empezado a sospechar que el virus había entrado por un error suyo y que no aparecía porque se sentía responsable de ello. Por supuesto, no tenía por qué haberlo hecho a propósito, pero el error era muy grave y el equipo quería responsabilizar a alguien del mismo. Dado que Gorō llevaba unos días ausente del trabajo, tenía todos los puntos para que le cargaran con el muerto. Como es natural, Fumiko también había empezado a sospechar que las cosas habían sucedido así como se rumoreaban.

Sin embargo, al cuarto día sin noticias de Gorō, este apareció diciendo que había encontrado el origen del virus. Iba sin afeitar y olía un poco mal, pero nadie se lo reprochó. Por su cara de cansancio, saltaba a la vista que llevaba varios días sin dormir. Fumiko y el resto del equipo habían dado por imposible encontrar una solución al problema, pero Gorō lo había conseguido él solo. Era un verdadero milagro. Así que a pesar de haberse ausentado del trabajo sin previo aviso, de no haber dado señales de vida y de haber incumplido las reglas del personal de su empresa, resultó ser el trabajador más comprometido de todos y el programador con mayores méritos.

Después de darle las gracias a Gorō de todo corazón, Fumiko le pidió perdón por haber sospechado que el virus pudiera haber sido fruto de un error suyo y le dedicó una reverencia de disculpa mientras él sonreía.

—Bueno, pues invítame a un café —se limitó a decir.

Fue en ese instante cuando Fumiko se quedó prendada de él.

Después de la entrega, pasaron a trabajar en otro proyecto y prácticamente dejaron de verse. Pero Fumiko no era de las que se quedan de brazos cruzados. Siempre que disponía de tiempo, quedaba con Gorō en una cafetería u otra con la excusa de invitarlo a tomar un café.

Él era una de esas personas que se obcecaba con sus objetivos tanto en el trabajo como en la vida personal. Cuando se centraba en algo, dejaba de ver el resto.

Fumiko se enteró de que TIP-G, la empresa de desarrollo de videojuegos MMORPG, tenía una sede en Estados Unidos la primera vez que fue a casa de Gorō.

Al ver la cara de felicidad que ponía Gorō al contarle que su sueño era trabajar para TIP-G, a Fumiko le entró el pánico.

«Cuando Gorō pueda cumplir su sueño, ¿escogerá a este o, por el contrario, a mí? No, espera, no debería pensar eso. Una cosa no tiene que ver con la otra. Pero...», pensó Fumiko.

Con el transcurso del tiempo, se fue reafirmando en ella el sentimiento de que la partida de Gorō le supondría una gran pérdida, pero no conseguía esclarecer qué sentimientos albergaba él.

Finalmente, Gorō había conseguido entrar en la fantástica TIP-G aquella primavera. Así que, por un lado, había alcanzado su sueño pero, por otro, los miedos de Fumiko se habían hecho realidad. Gorō había escogido ir a Estados Unidos. Había elegido su sueño. Aquello era lo que le había comunicado la semana anterior en esta cafetería.

Como si estuviera despertándose de un sueño, Fumiko abrió los ojos desconcertada.

En el mismo instante en que lo hizo, dejó de sentir que era una especie de espíritu que se enroscaba como el vapor y recuperó la sensibilidad en las extremidades. Con el semblante confuso, se toqueteó el cuerpo para asegurarse de que realmente estaba allí.

Entonces Fumiko se dio cuenta de que, ante ella, un chico observaba, perplejo, su extraño comportamiento. Como no fuera que los sentidos la engañaran, aquel era Gorō, el mismísimo Gorō, el que estaba en Estados Unidos. Había vivido de verdad la experiencia de viajar al pasado en sus propias carnes.

Fumiko entendió rápidamente la razón por la que Gorō ponía esa cara de perplejidad.

No cabía duda de que había vuelto a la semana anterior. El local estaba tal y como lo recordaba. En el asiento más cercano a la entrada estaba el tal señor Fusagi con la revista abierta y, en la barra, Hirai y Kazu. Gorō se encontraba al otro lado de la mesa que ambos habían compartido.

Solo había una cosa distinta: el asiento en el que se encontraba Fumiko. La semana anterior, Gorō había estado sentado en la silla enfrente de ella. Pero, esta vez, ella se encontraba en el lugar que ocupaba la mujer del vestido. Tenía a Gorō delante, pero en otra mesa. Lejos de ella.

Es decir, no estaban cerca y, por lo tanto, aquello era muy poco natural. No era de extrañar que Gorō se mostrara confuso.

Pero por extraño que fuera, no podía moverse de ese asiento. Así lo dictaban las reglas. Si le preguntaba qué hacía ahí sentada, no sabría qué responderle. Fumiko tragó saliva.

—Bueno, tengo que irme... —dijo Gorō confuso igual que la semana anterior, a pesar de estar sentados de aquella forma tan poco natural.

Quizá era una de las reglas implícitas de volver al pasado. Eso es lo que interpretó Fumiko al oír las palabras de Gorō, a la vez que reafirmaba sus sospechas de que realmente estaba en el pasado.

Ah, vale, vale. Entiendo que se te está haciendo tarde. A mí también.

—¿Cómo?

—Perdona.

La conversación no fluía. Fumiko ya había corroborado que se encontraba en el pasado pero era la primera vez que experimentaba un viaje en el tiempo y estaba un poco desconcertada.

Fumiko pensó que debía empezar por calmarse y dio un sorbo al café, a la vez que observaba el rostro de Gorō por encima de la taza.

—¡Está tibio! ¡El café ya está tibio! ¿¡Cómo puede ser que se enfríe tan rápido!?

Fumiko se quedó atónita. A esa temperatura ya podría tomárselo de un trago y eso no se lo esperaba, así que miró a Kazu fijamente. En su rostro había esa odiosa serenidad de siempre. Pero eso no era todo.

—Qué amargo.

No se lo esperaba. De entre todos los que Fumiko había tomado a lo largo de su vida, este era especialmente amargo.

Ante las incomprensibles observaciones de Fumiko, Gorō puso cara de perplejidad.

Gorō miró su reloj de pulsera mientras se rascaba por encima de la ceja derecha. Estaba preocupado por el tiempo. Fumiko lo entendía perfectamente.

—Oye, esto... Quisiera sincerarme contigo —soltó impaciente.

Fumiko se puso una considerable cucharada de la azucarera que tenía delante, se sirvió una buena cantidad de leche y lo removió todo a toda prisa con un repiqueteo.

—¿Sincerarte?

Gorō frunció el ceño: quizá porque consideraba que Fumiko se había pasado con la cantidad de azúcar o porque no quería tener una conversación profunda; quién sabe.

—Bueno, me gustaría que conversáramos. —Gorō volvió a mirar el reloj—. Dame un momento, ¿quieres?

Fumiko dio un sorbo al café para probarlo y asintió con la cabeza, saboreándolo. Había empezado a tomar café al comenzar a salir con Gorō, dado que la primera vez había quedado con la excusa de que le invitaría a un café. Como a Fumiko no le gustaba, cada vez que se tomaba uno se ponía un montón de azúcar y leche, y Gorō se reía de ella por esta razón.

—Oye, ¿por qué en un momento tan importante como este pones cara de no entender por qué tomo café?

—No estoy poniendo ninguna cara.

—¡Sí que lo haces! ¡Con esa expresión sé muy bien lo que estás pensando! —le rebatió Fumiko con voz chillona.

Como cabía esperar, ella se arrepintió por haber boicoteado la conversación. Había vuelto al pasado expresamente para hablar con él pero ya estaba comportándose de nuevo como la semana anterior, con un tono de voz propio de una niña pequeña enfadada que confundía a Gorō.

Este se levantó, incómodo.

—Perdón, ¿cuánto es? —dijo dirigiéndose a Kazu, que estaba en la barra.

Gorō alargó la mano para alcanzar la cuenta. Fumiko sabía que, si no hacía nada para evitarlo, él pagaría y se iría.

—¡Espera!

—Está bien, te invito.

—¡No he venido para decirte esto!

—¿Cómo?

«No te vayas.»

—¿Por qué no me lo has consultado antes de aceptar la oferta?

«No quiero que te vayas.»

—Pues...

—Sé que para ti el trabajo es importante y está bien que te vayas a Estados Unidos. No voy a oponerme.

«Pensaba que estaríamos siempre juntos.»

—Pero por lo menos...

«Pero ¿era yo la única que pensaba esto?»

—... me habría gustado que me lo hubieras consultado. Al no hacerlo, me das a entender que solo vas a lo tuyo.

«Lo que siento por ti realmente...»

—De este modo, me quedo un poco...

«... es amor.»

—... triste.

Gorō no dijo nada.

—Eso es todo...

Gorō siguió guardando silencio.

«Total, nada va a cambiar.»

—... lo que quería decirte.

Fumiko pensó que si el presente no iba a cambiar era mejor que fuera sincera, pero no lo fue. Pensó que si lo hacía, supondría para sí misma una especie de derrota. Por nada del mundo quería pedirle que escogiera entre ella y aquel empleo. Hasta que conoció a Gorō, Fumiko había vivido única y exclusivamente por el trabajo; no podía pedirle eso. No quería decirle algo tan prototípico de una mujer a su novio tres años menor. Tenía su orgullo y, para ella, el trabajo también era lo primero, así que quizá además sentía un poco de envidia hacia él. De ahí que no fuera del todo franca. Sin embargo, ya era tarde para especulaciones.

—Así que, vale. Vete. Ya da igual. Total, te vas a ir a Estados Unidos diga lo que diga.

Fumiko pronunció estas palabras y a continuación se tomó el café de un trago.

—Hummm —suspiró.

Acto seguido, tuvo la impresión de que volvía a marearse y que aquel bamboleante vaivén la envolvía de nuevo.

«¿Por qué habré viajado al pasado?», pensó en aquel momento.

—Durante todo este tiempo... —murmuró Gorō— creí que... que no te merecía.

Fumiko no entendía lo que Gorō estaba tratando de decirle.

—Cuando me invitaste a tomar un café, me dije a mí mismo que sería mejor que no me enamorara de ti.

—¿Cómo?

—Por esto —dijo.

Gorō levantó su largo flequillo, bajo el cual escondía la gran cicatriz de una quemadura, que iba desde la parte superior de la ceja derecha hasta la oreja del mismo lado.

—Siempre había pensado que les daba asco a las mujeres y ni siquiera me atrevía a hablar con ellas hasta que te conocí.

—Yo...

—Cuando empezamos a salir seguía pensando lo mismo.

—¡A mí eso nunca me preocupó! —gritó Fumiko, pero estaba envuelta por el vapor y sus palabras no llegaron a los oídos de Gorō.

—Pensaba que tú, algún día, encontrarías a un chico atractivo...

—¡No puede ser! —dijo ella sin que Gorō pudiera escucharla.

—Del que te enamorarías.

—¡No puede ser! —repitió con idéntico resultado.

La confesión de Gorō dejó a Fumiko en estado de shock. Aunque, bien pensado, tenía todo el sentido del mundo. Cuanto más quería a Gorō y más pensaba en casarse con él, más sentía que había una especie de pared invisible que los separaba. Cuando le preguntaba si él también la quería, Gorō asentía con la cabeza, pero de su boca nunca habían salido espontáneamente las palabras diciéndolo. De vez en cuando, mientras paseaban por la ciudad, Gorō se tocaba por encima de la ceja derecha y bajaba la cabeza como si estuviese avergonzado. Lo hacía cuando se daba cuenta de que los hombres con los que se cruzaban miraban a Fumiko.

«Así que de veras era eso lo que le preocupaba.»

Fumiko se arrepintió de haber pensado aquello. Lo que para Fumiko era un simple «eso», a Gorō le había causado un largo y complejo sufrimiento que había durado años.

«No tenía ni la más remota idea de sus sentimientos.»

Fumiko estaba perdiendo la conciencia. El mareo le invadía todo el cuerpo.

Gorō cogió la cuenta y la maleta de cabina y se dirigió hacia la caja.

«El presente no cambiará. Pero no pasa nada si no es así. Él tomó la decisión adecuada. Yo, comparada con su sueño, no soy nada. Será mejor que me olvide de Gorō, me rinda y me limite a desearle que le vaya bien con todo mi corazón.»

Fumiko cerró poco a poco sus ojos inyectados en sangre.

Y justo en ese momento...

—Tres años —murmuró Gorō de espaldas a Fumiko—. Espérame tres años. Te prometo que volveré.

Él dijo aquello con un hilo de voz, pero el local era pequeño y Fumiko, ya convertida en humo, lo oyó con toda claridad.

—Y cuando regrese...

Gorō susurró algo de espaldas a Fumiko a la vez que hacía el gesto de tocarse encima de la ceja derecha.

—¿Qué?

En ese instante Fumiko perdió la conciencia, convertida en un vapor bamboleante. Pero, justo antes de desmayarse, vio el rostro de Gorō, que había vuelto la cabeza antes de salir de la cafetería. Fueron solo unos segundos pero esa cara decía: «Bueno, entonces invítame a un café», y sonreía con la misma simpatía con que lo hizo aquel día.

Al recuperar la conciencia, se encontró sola y sentada en la misma silla.

Tuvo la sensación de que aquello había sido un sueño, pero la taza de café que tenía ante ella estaba vacía y le había quedado un sabor dulzón en la boca.

Unos instantes después, la mujer del vestido regresaba del cuarto de baño. Al ver que Fumiko estaba sentada en su sitio, se acercó a ella con extremo sigilo.

—Aparta de ahí —dijo con una voz profunda marcada por una extraña vehemencia.

—Lo... Lo siento —respondió Fumiko con atropello, y acto seguido se levantó del asiento.

Seguía con la sensación de que aquello había sido un sueño. ¿De verdad había vuelto al pasado? Como al regresar al presente este seguía igual, no era de extrañar que no hubiera ningún cambio, nada que le hiciera ver que había viajado en el tiempo.

De la cocina le llegó el aroma del café. Volvió la mirada y allí apareció Kazu con una nueva taza en la bandeja.

Pasó por delante de ella sin decirle nada, se acercó a la mesa de la mujer del vestido, retiró la taza que se había bebido Fumiko y sirvió el café a la mujer. Esta le hizo una ligera reverencia con la cabeza en agradecimiento y volvió a sumirse en la lectura del libro.

—¿Cómo ha ido? —le interpeló Kazu como quien no quiere la cosa mientras volvía a la barra.

Al oír esa pregunta, Fumiko tuvo la certeza de que había vuelto de verdad al pasado. A aquel día en concreto de la semana anterior. Y entonces se le ocurrió algo.

—Perdona.

—Dime.

—En el presente no ha cambiado nada, ¿verdad?

—No.

—Pero ¿qué pasará a partir de ahora?

—¿Qué quieres decir?

—Pues desde este momento. —Fumiko se detuvo para escoger bien las palabras—: Es decir, ¿qué pasará en el futuro?

Kazu se volvió hacia Fumiko.

—Como este todavía no ha tenido lugar, depende de cada uno —contestó Kazu, dedicándole por primera vez una sonrisa.

A Fumiko le brillaron los ojos al oír la respuesta.

—El precio del café por la noche es de cuatrocientos veinte yenes —dijo con calma Kazu desde la caja.

Fumiko asintió inclinando mucho la cabeza y anduvo con ligereza hasta plantarse ante ella. Después, le pagó los cuatrocientos veinte yenes y la miró fijamente.

—Gracias —dijo, dedicándole una profunda reverencia.

Después observó el interior del local con detenimiento, hizo otra reverencia a nadie en particular, sino más bien a la cafetería en general, y se fue toda contenta.

¡Tolón, tolón!

Kazu empezó a pulsar las teclas de la caja con serenidad en el rostro, como si no hubiera pasado nada, mientras la mujer del vestido esbozaba una sonrisa y cerraba con toda calma su novela, que llevaba por título *Novios*.

2
Marido y mujer

La cafetería no tenía aire acondicionado.

Había abierto sus puertas el año siete de la era Meiji,* hacía unos ciento cuarenta años, y, a pesar de que se había hecho alguna que otra mejora, el diseño interior seguía más o menos igual. Por aquel entonces se usaban lámparas de aceite. Sin embargo, se había adelantado catorce años a su época porque las cafeterías consideradas modernas empezaron a abrir sus puertas a partir del año veintiuno de la era Meiji.

El café entró en Japón durante la era Edo,** en tiempos de Tokugawa Tsunayoshi. Sin embargo, al parecer esta bebida no gustó al paladar de los japoneses de aquella época, que no lo tomaban por placer. Para ellos no era más que una especie de líquido aguado negro y amargo.

Al popularizarse la electricidad, se sustituyeron las lámparas de aceite originales por luces eléctricas, pero no se instaló aire acondicionado

* Época que corresponde a los años que gobernó el emperador Meiji en Japón, del 23 de octubre de 1868 al 30 de julio de 1912. *(N. de la T.)*
** Período que corresponde a la época en que gobernó el shogunato Tokugawa, del 24 de marzo de 1603 al 3 de mayo de 1868. *(N. de la T.)*

porque se consideró que no iba con el ambiente, de modo que la cafetería había permanecido igual hasta el día de hoy.

No obstante, en la cafetería también llegaba el verano. A pesar de encontrarse en un sótano, cuando durante el día se alcanzaban los treinta grados, cabía esperar que en el interior del local hiciera un calor sofocante. Así que, por si acaso, en el techo de la cafetería había un ventilador. Eléctrico y con grandes aspas, debían de haberlo colgado ahí con posterioridad.

Sin embargo, los ventiladores de techo no mueven demasiado aire. Lo más importante es que cumplan la función de hacerlo circular.

La temperatura más alta de la que se tiene constancia en la historia de Japón son los cuarenta y un grados que se alcanzaron el 20 de agosto de 2013 en Ekawasaki, en la prefectura de Kōchi. Un ventilador de techo, ante tal ola de calor, no sirve para nada. Sin embargo, en esta cafetería hacía fresco incluso en pleno verano. Excepto el personal, nadie conocía si alguien se encargaba de refrescar el local. Era imposible saberlo.

Una tarde de junio en la que hacía tanto calor que daba la sensación de que el verano estaba en su apogeo, una chica joven escribía algo sentada en uno de los sitios de la barra. A su lado tenía un café helado que estaba derritiéndose. La chica iba vestida con una camiseta blanca veraniega, una falda de tubo gris y unas sandalias con cordones. Estaba sentada con la columna totalmente recta y, en silencio, escribía con un bolígrafo en un papel de color rosa pálido. Desde el otro lado de la barra, una chica delicada de tez clara la observaba con un brillo en los ojos que irradiaba juventud. Era Kei Tokita, quien debía estar intrigada por lo que debía de estar escribiendo, puesto que le iba lanzando miraditas llenas de emoción con una expresión inocente e infantil.

Además de la chica que escribía una carta en la barra, en la cafetería estaban la mujer del vestido blanco en el asiento de marras y el tal señor Fusagi con una revista abierta encima de la mesa más cercana a la entrada, como la vez anterior.

La chica que escribía la carta respiró hondo. Kei la imitó.

—Disculpa que lleve aquí tanto rato —dijo la chica mientras guardaba en un sobre la carta que acababa de terminar.

—No pasa nada —respondió Kei a la vez que bajaba la mirada hacia sus pies.

—Esto... ¿Se lo podrías entregar a mi hermana mayor? —dijo la chica, y acto seguido acercó el sobre a Kei mientras lo sujetaba con las dos manos ceremoniosamente.

La chica se llamaba Kumi Hirai y era la hermana menor de una clienta habitual de la cafetería, Yaeko Hirai.

—Ah, pe... Pero si es para tu hermana —tartamudeó Kei dejando la frase a medias.

Kumi ladeó la cabeza mirando a Kei con extrañeza, quien le sonrió como si no tuviera nada más que añadir.

—Vale, entonces ¿se la doy a tu hermana? —preguntó, y a continuación dirigió la mirada hacia la carta que Kumi aún sostenía.

—Puede que ni siquiera la lea, pero... te lo agradecería mucho —dijo Kumi todavía un poco perpleja, y después le dedicó una pronunciada reverencia con la cabeza.

Kei adoptó también una actitud de extrema cortesía.

—Entendido —respondió, e hizo otra reverencia a la vez que recogía la carta también con las dos manos como si manejara algo muy delicado.

Kumi se acercó a la caja.

—¿Cuánto es? —preguntó, entregándole la nota de la comanda a Kei.

Esta dejó con cuidado la carta que le acababa de entregar encima de la barra y empezó a marcar el contenido de la nota en la caja.

La caja registradora de la cafetería debía de ser uno de los ejemplares más antiguos todavía en uso. Aunque era vieja, no llevaba en el local desde su apertura, sino que había entrado en la cafetería a inicios de la era Shōwa.* Parecía una máquina de escribir y llevaba incorporado de serie un sistema antirrobo: pesaba cuarenta kilos. Asimismo, siempre que se marcaba cuánto dinero había que cobrar, las teclas repiqueteaban con mucha fuerza.

—Un café, una tostada, un arroz con curri, un *parfait* mixto —fue diciendo Kei mientras introducía las cantidades en la caja haciendo repiquetear las teclas sonora y rítmicamente—, un zumo con helado, una minipizza...

Kumi había comido muchísimo y tenía varias notas de comanda. Kei empezó a teclear en la caja la segunda.

—Un arroz salteado, un batido de plátano, un *tonkatsu*** con curri.

Aunque no tenía por qué leer la nota en voz alta, a Kei le gustaba hacerlo. Verla introducir los números en la máquina era como contemplar a una niña divirtiéndose con toda inocencia con un juguete.

---

* Período de reinado del emperador Shōwa, del 25 de diciembre de 1926 al 7 de enero de 1989. *(N. de la T.)*

** Plato japonés que consiste en una chuleta de cerdo empanada. *(N. de la T.)*

—Después, unos ñoquis con gorgonzola y el pollo con pasta a la crema de *shiso** verde.

—Igual me he pasado, ¿no? —dijo Kumi un poco alterada, seguramente porque le daba vergüenza oír en voz alta todo lo que había comido.

Con ello, lo que era probable que hubiera querido decir era que no hacía falta que siguiera leyendo la nota en voz alta.

—Te has pasado, sí —confirmó alguien.

Pero no se trataba de Kei. La frase la murmuró el señor Fusagi, que había estado oyendo la lista de cosas que Kumi había tomado sin apartar la mirada de la revista.

Kei se quedó perpleja.

—¿Cuánto es? —preguntó Kumi a la vez que se le enrojecían las orejas de la vergüenza.

No obstante, todavía quedaban más cosas por contar.

—Esto... También has tomado un sándwich mixto, un *yakionigiri*,** otro arroz con curri y... un café helado. En total son diez mil doscientos treinta yenes.

Kei sonrió sin ningún tipo de malicia, con un brillo en sus grandes ojos.

—Vale.

Rápidamente, Kumi sacó dos billetes del monedero. Kei los recogió y los contó con soltura.

---

* Hierba japonesa perteneciente al género de la perilla, muy habitual en la cocina nipona. *(N. de la T.)*
** Bola de arroz tostada al horno o a la plancha. *(N. de la T.)*

—Once mil —dijo y, a continuación, volvió a pulsar las repiqueteantes teclas de la caja.

Entretanto, Fumiko esperaba el cambio con la cabeza gacha.

Ding.

El cajón de la máquina se abrió con mucho impulso y Kei cogió el dinero que tenía que devolver.

—Tus setecientos setenta yenes.

Kei le entregó el cambio y volvió a sonreír con el mismo brillo en la mirada que antes. Kumi, de nuevo con gran cortesía, le hizo una reverencia con la cabeza.

—Estaba todo muy rico —dijo, sin duda muy avergonzada porque Kei había leído en voz alta todo lo que había comido, e hizo además de querer salir corriendo.

—¡Por cierto! —la frenó Kei.

—¿Sí?

Kumi se detuvo y se volvió hacia la camarera.

—¿Quieres que... que le diga algo a tu hermana? —empezó la pregunta Kei bajando la mirada para terminarla agitando las manos en el aire sin ton ni son.

—No. En la carta ya he escrito todo lo que quiero decirle —respondió Kumi con decisión.

—Ah, claro —replicó Kei, encogiéndose un poco de hombros como si estuviese decepcionada.

—Bueno, quizá le podrías decir que... —reconsideró Kumi, esbozando una sonrisa para animar a Kei.

—¿Sí? —A esta se le iluminó el rostro de repente.

—Que papá y mamá ya no están enfadados.

—Que vuestros padres ya no están enfadados —repitió Kei en voz alta con toda la intención.

—Dile eso, por favor.

—¡Entendido! —exclamó con jovialidad, asintiendo dos veces con la cabeza con el mismo brillo de antes en sus grandes ojos.

Kumi observó despacio el local, dedicó otra reverencia de cortesía a Kei y salió de la cafetería.

¡Tolón, tolón!

Kei fue hasta la entrada para comprobar que Kumi se había ido. Después se volvió con brusquedad y se dirigió de vuelta a la barra, en la que no parecía haber nadie.

—Así que ¿te peleaste... con tus padres?

—Me desheredaron —se oyó que decía la voz ronca de Hirai, que acababa de aparecer inesperadamente levantándose de debajo de la barra.

—Lo has oído todo, ¿no?

—¿El qué?

—Que tu padre y tu madre ya no están enfadados.

—No sé yo.

Al haber estado un buen rato agachada bajo la barra, Hirai salió de allí tambaleándose, con la espalda encorvada como si fuera una abuelita. Lucía un conjunto extravagante con mucho colorido, como era habitual en ella: una camisola con estampado de leopardo, una falda ceñida de color rosa y unas sandalias playeras.

—Tu hermana es muy maja, ¿no?

Hirai se encogió de hombros.

—Será con los demás —dijo.

Acto seguido, se acomodó en el asiento de la barra en el que hasta hacía un momento había estado Kumi y, a continuación, sacó un paquete de tabaco del bolso con estampado de leopardo y se encendió un cigarrillo.

El humo del tabaco flotó en el aire y Hirai lo resiguió con la mirada con cara de fascinación. Parecía ausente, como si en su mente estuviera muy lejos de allí.

—¿Va todo bien? —preguntó Kei mientras pasaba bordeando la espalda de Hirai para entrar en la barra.

—Está arrepentida —murmuró esta mientras expulsaba el humo del tabaco.

—¿Arrepentida? —preguntó Kei abriendo todavía más sus grandes ojos.

—Ella no quería heredarlo.

Kei no debió de entender en ese momento lo que Hirai quería decir con aquella frase porque la miró con semblante dubitativo.

—El *ryokan*, quiero decir.

La familia de Hirai tenía un famoso *ryokan* de primera categoría en la ciudad de Sendai, en la prefectura de Miyagi. Sus padres habían pensado en dejárselo en herencia a ella pero, como hacía trece años que se había marchado de casa, su hermana menor, Kumi, la sucedió en el cargo. Los padres de ambas seguían gozando de buena salud pero, como ya eran mayores, Kumi había pasado a regentar el *ryokan*, que en un futuro sería suyo en exclusiva. Además, desde que ella había pasado a ser la futura propietaria del *ryokan*, visitaba con regularidad a Hirai en Tokio con el fin de persuadirla de que regresara a casa.

—Ya sabe que no tengo ninguna intención de volver, pero ella me lo dice una y otra y otra y otra vez —dijo Hirai gesticulando con las manos como contando todas las veces que se lo había pedido—. ¡Es increíble lo insistente que es! —soltó con expresión de fastidio.

—Pero tal vez tampoco sea necesario que te escondas de ella.

—No quiero ni vérselo.

—¿El qué?

—El pelo.

Kei ladeó la cabeza ligeramente con perplejidad.

—Se lo veo en la cara. Como yo no quiero llevar el *ryokan*, lo hace ella. Pero, si yo volviera, ella se liberaría —dijo Hirai con dramatismo.

—¿De veras? A mí no me ha dado esa impresión —respondió Kei con semblante serio.

Hirai estaba acostumbrada a la espontaneidad de la camarera en sus comentarios.

—Sea como fuere —la cortó—, no puede culparme por ello.

A continuación, expulsó el humo del tabaco frunciendo el ceño.

Kei ladeó la cabeza repetidas veces para mostrar su desconcierto.

—Ostras, qué mal. ¡Qué tarde es! —dijo Hirai de manera forzada, y a continuación apagó el cigarrillo aplastándolo contra el cenicero—. ¡Tengo que ir a abrir el local!

Dicho esto, se levantó e irguió la espalda con ímpetu.

—Como he estado escondida más de tres horas, me duelen las lumbares.

Pam, pam, pam. Se dio unos golpes en esa zona y, después, se dirigió hacia la salida avanzando al ritmo del repiqueteo que producían sus sandalias playeras.

—¡Oye! La carta —le recordó Kei con la cabeza aún ladeada, y después la cogió con gran cuidado para entregársela a Hirai.

—Ya puedes tirarla —dijo Hirai sin ni siquiera mirar el papel y haciendo un gesto de rechazo con la mano derecha.

—¿No vas a leerla?

—Ya me imagino lo que pone. «El *ryokan* y yo te necesitamos. ¿Por qué no vuelves? Basta con que vayas aprendiendo a llevarlo sobre la marcha, de esta manera todo irá bien...» Bueno, dirá algo así.

Mientras decía esto, Hirai sacó del bolso —en el que aquel día llevaba hasta un diccionario— un enorme monedero con estampado de leopardo y pagó el café con unas monedas que tintinearon entre sí al dejarlas encima de la barra.

—¡Nos vemos! —dijo, y a continuación se fue como si huyera.

¡Tolón, tolón!

—Cómo se atreve a decirme que la tire —dijo Kei con semblante perplejo a la vez que observaba la carta de Kumi.

¡Tolón, tolón!

Kei seguía allí estupefacta cuando el cencerro sonó por segunda vez. Kazu Tokita se había cruzado con Hirai. Kazu era la prima del dueño de la cafetería, Nagare Tokita, e iba a la facultad de Bellas Artes, cuyos estudios compaginaba con el trabajo de camarera en la cafetería.

Aquel día venía de comprar comida con Nagare. Llevaba en ambas manos un montón de bolsas de la compra y del dedo anular de la mano izquierda le colgaba un tintineante llavero que contenía, entre otras, las llaves del coche. Iba vestida con unos vaqueros azules y una camiseta, de modo que su aspecto era mucho más juvenil que el que llevaba cuando trabajaba, con una pajarita y el delantal de sumiller.

—Hola —saludó Kei con voz jovial y con la carta todavía en la mano.

—Siento haber tardado tanto.

—No te preocupes lo más mínimo. No ha habido mucho trabajo.

—Voy a cambiarme.

Kazu sacó la lengua a Kei y se metió en el cuarto trasero. Su rostro era mucho más expresivo cuando no llevaba pajarita.

—¿Y Nagare? —le preguntó Kei a Kazu con la carta todavía en la mano y mirando hacia la entrada de la cafetería.

Kazu había ido a hacer la compra para la cafetería con él. No es que tuvieran que comprar muchos productos pero siempre hacían esa tarea juntos porque Nagare estaba obsesionado con la materia prima de la comida que compraba. Su manía llegaba hasta tal punto que solía pasarse de presupuesto. Por eso siempre iban a comprar juntos, para que así Kazu lo controlara, y, durante ese rato, Kei se quedaba sola a cargo de la cafetería. Cuando Nagare no quedaba satisfecho con los productos que habían comprado, a veces se escapaba para tomar un trago.

—Esto... Me ha dicho que quizá llegue un poco tarde —respondió Kazu sin entrar en más detalles.

—Ya ha vuelto a ir a beber, ¿no?

Kazu asomó la cabeza por la puerta.

—Yo me encargo —anunció con pesar.

Kei abrió todavía más sus grandes ojos.

—¡Maldita sea! —dijo resoplando, y a continuación se metió en el cuarto del fondo con la carta todavía en la mano.

En el local estaban tan solo la mujer del vestido, que leía un libro con toda la calma del mundo, y el señor Fusagi. A pesar de ser verano, ambos estaban tomando café caliente. Probablemente esto se debía a dos razones: porque, allí, si lo pedías así podías solicitar que te rellenaran la taza hasta tres veces sin tener que pagar más y porque en el interior de la cafetería siempre hacía fresco. Así que, como ambos llevaban un buen rato allí dentro sin pasar calor, seguramente no les importaba que el café estuviera caliente.

Kazu no tardó nada en aparecer vestida de camarera. Todavía estaban a principios de verano pero en la calle las temperaturas ya ascendían a más de treinta grados. Del aparcamiento a la cafetería había unas pocas decenas de metros de distancia, pero Kazu seguía con la frente sudorosa. Kazu espiró hondo mientras se secaba el sudor de la frente con un pañuelo.

—Perdona —dijo el señor Fusagi levantando la mirada de la revista que tenía abierta.

—¡Sí! —respondió Kazu alzando un poco la voz, quizá porque la había pillado por sorpresa.

—¿Serías tan amable de servirme más café?

—Sí, ¡claro! —respondió Kazu, más expresiva que de costumbre.

Por alguna razón seguía con esa aura de inocencia que la caracterizaba cuando iba vestida de calle.

El señor Fusagi siguió a Kazu con la mirada mientras entraba en la cocina. El hombre siempre se sentaba en el mismo sitio de la cafetería. Y los días en que otro cliente ocupaba su lugar, en lugar de acomodarse en otro asiento, lo que hacía era volver a casa. Tampoco iba todos los días, sino que aparecía dos o tres veces por semana después del mediodía, abría la revista de viajes, la miraba de la primera página a la última, tomaba alguna nota de vez en cuando y, al terminarla, regresaba a casa. Durante todo ese rato, lo único que pedía era café caliente. La variedad típica de esta cafetería era el moca y, para prepararlo, usaban un grano muy aromático producido en Etiopía. Era un café muy astringente al paladar y había clientes a los que no les gustaba, pero allí servían únicamente este tipo porque Nagare lo prefería.

Sin embargo, este café sí que le agradaba al señor Fusagi. Además, parecía ser que aquella cafetería le parecía un lugar agradable donde pasar el rato leyendo la revista.

Kazu volvió de la cocina con la cafetera de cristal para servir más café al señor Fusagi; se puso al lado de la mesa en la que estaba él y cogió la taza con el platillo.

Mientras le servían el café, el señor Fusagi solía tener la mirada puesta en la revista, pero aquel día fue distinto: observó a Kazu con una expresión extraña.

Ante ese cambio de actitud, ella pensó que quizá quería pedir algo más aparte de café.

—¿Desea algo más? —le preguntó con una sonrisa en el rostro.

El señor Fusagi esbozó una afable sonrisa, como avergonzado.

—¿Eres nueva aquí? —preguntó.

Sin cambiar de expresión, Kazu colocó la taza ante el señor Fusagi.

—Sí, bueno... —se limitó a responder.

—¿Ah, sí? —dijo el señor Fusagi con cierta timidez.

Parecía contento de haberle hecho saber que él era un cliente habitual, pero ahí acabó la conversación. Acto seguido, volvió a centrar la mirada en la revista, como de costumbre.

Kazu entendió que no tenía nada más que decirle, así que siguió trabajando tan tranquila. Bueno, en realidad tampoco había más clientes, así que lo único que tenía por hacer era limpiar los vasos y los platos, secarlos y volverlos a colocar en la estantería. Mientras iba haciendo esta tarea mecánicamente, Kazu se dirigió al señor Fusagi desde el otro lado de la barra. Como era un local pequeño, podías mantener una conversación sin problemas aunque no alzaras demasiado la voz.

—Viene...

—¿Sí?

—¿Viene mucho por aquí?

—Sí.

Kazu había decidido seguirle la corriente al señor Fusagi.

—¿La conoce? ¿La leyenda urbana que corre sobre esta cafetería?

—Sí, muy bien.

—¿Y también lo del asiento?

—Sí.

—Entonces ¿viene aquí para poder volver al pasado?

—Sí —respondió el señor Fusagi sin dudarlo ni siquiera unos instantes.

Kazu interrumpió lo que estaba haciendo.

—¿Con qué...? Esto... ¿Con qué propósito quiere volver al pasado? —le preguntó con cierta curiosidad.

Normalmente, Kazu nunca habría preguntado algo así.

—Ay, disculpe —dijo, como si ella misma se hubiera dado cuenta de la indiscreción de la pregunta.

Kazu apartó la mirada, bajó la cabeza y volvió a lo que estaba haciendo.

El señor Fusagi observó que ella agachaba la cabeza y de repente cogió una carpeta, de la cual sacó un sobre marrón de lo más anodino. Parecía que este tenía unos cuantos años porque tenía las cuatro esquinas bastante desgastadas. No llevaba escrito ningún nombre ni dirección pero debía incluir una carta porque el hombre lo sostenía con las dos manos como quien agarra algo importante. Levantó el sobre a la altura del pecho para enseñárselo a Kazu.

—¿Y esto? —preguntó ella, deteniéndose en su trabajo de nuevo.

—Es para mi mujer —dijo el señor Fusagi con un hilillo de voz, casi en susurros.

—¿Es una carta?

—Sí.

—¿Para su esposa?

—Sí, se me escapó la oportunidad de dársela.

—Entonces ¿quiere volver al día en que perdió la ocasión de hacerlo?

—Sí.

El señor Fusagi tampoco tuvo dudas en su respuesta.

—Y ahora ¿dónde está su mujer?

Esta vez, el señor Fusagi no pudo responder de inmediato, sino que se quedó sumido en el silencio durante unos instantes.

—Esto... —dijo Kazu mientras lo miraba fijamente esperando una respuesta.

—No lo sé —respondió con un hilillo de voz casi imperceptible al oído, y a continuación empezó a rascarse la cabeza.

El mismo señor Fusagi debió de quedarse estupefacto al responder que no sabía dónde estaba su mujer porque las facciones se le endurecieron un poco. Kazu no dijo nada más.

—Esto... Pero estuve casado de verdad, ¿eh? —dijo dando explicaciones, y después añadió confuso—: Se llamaba, esto... —El señor Fusagi iba dándose golpecitos en la frente con los dedos mientras hablaba—. ¿Eh? —dijo ladeando ligeramente la cabeza en señal de extrañeza—. ¿Cómo se llamaba?

Entonces el hombre se quedó en silencio de nuevo.

Kei volvió del cuarto del fondo sin llamar la atención. Debía de haber estado escuchando la conversación porque había palidecido.

—Qué raro. Lo lamento —dijo el señor Fusagi, y después forzó una risita.

Kazu no mostró tristeza pero tampoco serenidad; en su expresión facial se entreveía una mezcla de emociones.

—No se preocupe —se limitó a responder.

¡Tolón, tolón!

Kazu volvió la mirada hacia la entrada de manera instintiva.

—Ah —dijo.

Era la señora Kōtake, que trabajaba de enfermera en un hospital del vecindario. Aquel día debía de estar fuera de su horario laboral porque no iba vestida con su uniforme, sino que llevaba una camisa larga de un marrón verdoso claro, unos pantalones estrechos de tres cuartos de color azul marino, un bolso negro colgado del hombro y un pañuelo lila claro con el que se secaba el sudor de la frente.

La señora Kōtake hizo una ligera reverencia con la cabeza a Kei y a Kazu, que estaban en la barra, y a continuación se puso al lado de la mesa en la que se encontraba el señor Fusagi.

—Fusagi, ¿hoy también has venido? —dijo.

Este se quedó observando a la señora Kōtake fijamente, sorprendido de que lo hubiera llamado por su propio nombre. El señor Fusagi volvió a bajar la mirada y se quedó cabizbajo sin decir ni una palabra.

A la señora Kōtake le sorprendió que el hombre se comportara de un modo un poco distinto al habitual. Pensó que quizá no se encontraba bien.

—Fusagi, ¿estás bien? —le preguntó con voz dulce.

Entonces, el hombre alzó la cabeza y miró a la señora Kōtake.

—¿Nos conocemos de algo? —dijo como con pesar.

Acto seguido, a la señora Kōtake se le borró la expresión sonriente del rostro.

El pañuelo de color lila claro con el que se secaba el sudor se le cayó al suelo en silencio.

El señor Fusagi tenía problemas de memoria porque padecía los primeros síntomas de alzhéimer. Esta dolencia causa la disminución repentina de las neuronas del cerebro, el cual sufre una atrofia patológica y daños parciales en sus funciones, causa el deterioro del intelecto y, a veces, trastornos de personalidad. Una de las peculiaridades de los síntomas de los pacientes que lo sufren es que olvidan algunas cosas, mientras que recuerdan otras.

En su caso, el señor Fusagi estaba perdiendo poco a poco sus recuerdos más recientes y el mal humor que lo caracterizaba.

Es decir, por ejemplo, se acordaba de que tenía esposa pero no de que esta era la señora Kōtake, a quien tenía ante sus propios ojos.

—Ah, no —dijo, y a continuación dio un par de pasos atrás.

Kazu se quedó observando a la señora Kōtake en silencio, mientras que Kei se había quedado cabizbaja, todavía pálida del susto.

La señora Kōtake se volvió poco a poco, después se dirigió rápidamente al asiento más alejado del señor Fusagi, al fondo de la barra, y se sentó allí.

Fue entonces cuando se dio cuenta de que se le había caído el pañuelo al suelo. Sin embargo, la señora Kōtake hizo caso omiso de la prenda, como si no fuera suya.

El señor Fusagi advirtió que tenía el pañuelo junto a sus pies y lo recogió. Primero se quedó mirándolo unos instantes y a continuación se levantó para acercarse hasta el asiento de la barra en el que estaba la señora Kōtake.

—Lo siento, últimamente se me olvidan mucho las cosas —dijo el señor Fusagi, y a continuación le dedicó una reverencia con la cabeza.

—No te preocupes —se limitó a responder la señora Kōtake sin mirarlo, y después cogió el pañuelo con las manos temblorosas.

Él le dedicó otra pequeña reverencia con la cabeza y volvió a su asiento con paso tambaleante. Después de sentarse siguió sin relajarse. Pasó unas cuantas páginas de la revista, se rascó la cabeza y al poco rato cogió la taza para tomar un trago del café que le acababan de servir.

—Se ha enfriado —murmuró.

—¿Quiere que se lo cambie? —preguntó rápidamente Kazu, pero el señor Fusagi se levantó a toda prisa.

—No, me voy a casa —respondió con prontitud, y a continuación se puso a recoger la revista y el resto de las cosas que tenía encima de la mesa.

La señora Kōtake apretó con fuerza el pañuelo que tenía en el puño apoyado sobre el regazo y no volvió la cabeza.

El señor Fusagi fue hasta la caja y entregó la nota de comanda.

—¿Cuánto es?

—Trescientos ochenta yenes —respondió Kazu mirando de reojo a la señora Kōtake con preocupación y pulsó la cantidad de dinero en las resonantes teclas de la caja.

—Trescientos ochenta yenes.

El señor Fusagi sacó un billete de mil yenes de su cartera de piel desgastada por el uso.

—Aquí tienes —le dijo a Kazu entregándole el billete.

—Ahora mismo le devuelvo el cambio.

Kazu cogió el dinero y abrió la caja mientras el señor Fusagi miraba a la señora Kōtake con los ojos brillantes. Sin embargo, no le dijo nada, sino que simplemente se limitó a esperar el cambio con nerviosismo.

—Aquí tiene: sus seiscientos veinte yenes.

El señor Fusagi alargó la mano con rapidez y cogió el cambio.

—Estaba muy rico —dijo con cortesía, y seguidamente se fue a paso ligero.

¡Tolón, tolón!

—Muchas gracias.

Después de que el señor Fusagi se fuera, todas se quedaron mudas durante unos instantes. La mujer del vestido siguió leyendo el libro con toda la calma, sin inmutarse, como si fuera la única que no tenía nada que decir. El local quedó en completo silencio, como si alguien hubiera cortado el sonido. En la cafetería no había música de fondo y los únicos sonidos que se oían eran el cloc, cloc de los péndulos de los relojes de pared y el que hacía la señora del vestido al pasar las páginas del libro que leía.

Tras ese momentáneo silencio, Kazu proyectó la voz hacia el sitio de la barra en el que se encontraba la señora Kōtake.

—Señora Kōtake... —empezó pero no pudo terminar la frase.

¿Qué podía decirle? No tenía ni idea.

—Está bien. Estoy preparada —dijo la señora Kōtake, como si le hubiera leído el pensamiento a Kazu. Luego les sonrió—. No os preocupéis.

Sin embargo, después de esas palabras, la conversación volvió a detenerse. La señora Kōtake no pudo aguantar la tensión que había en el ambiente y agachó la cabeza.

Ya hacía tiempo que Kazu y Kei sabían que el señor Fusagi estaba enfermo. Huelga decir que Nagare y Hirai también conocían este hecho. Dado que todo indicaba que llegaría el día en que el señor Fusagi se olvidaría hasta de sí mismo, la señora Kōtake, que era enfermera, se repetía a diario que cuando llegara ese momento sería capaz de cuidarlo y se preparaba para cuando eso ocurriera. En la cafetería, antes de que el señor Fusagi empezara a perder la memoria, todos la llamaban «señora Fusagi», pero para no confundirlo aún más, esta había pedido que empezaran a dirigirse a ella como «señora Kōtake», su apellido de soltera.

La evolución de los pacientes con alzhéimer precoz depende de varios factores como la edad, el género, la causa de la dolencia o la respuesta al tratamiento pero, comparado con otros casos, la enfermedad del señor Fusagi estaba avanzando con mucha rapidez.

La señora Kōtake no se había recuperado del impacto de que el señor Fusagi se hubiera olvidado de ella y en el ambiente reinaba el desconcierto.

De repente, Kei se fue a la cocina y, acto seguido, volvió con una botella de sake en la mano.

—Nos la ha regalado un cliente —dijo mientras la ponía encima de la barra con un golpe seco y preguntó sonriente—: ¿Le gustaría probarlo?

Kei tenía los ojos sonrientes, pero muy rojos por haber llorado. En la etiqueta ponía el nombre del sake: SIETE ALEGRÍAS.

Como el ambiente se había enrarecido, la inesperada propuesta de Kei sirvió para romper un poco el hielo. Aquello les fue bien a las tres para calmar los nervios. Aunque a la señora Kōtake le dio un poco de vergüenza, no pudo rechazar el ofrecimiento.

—Vale, pero solo un poquito —respondió.

La señora Kōtake había aceptado como agradecimiento de que hubiera dado la vuelta a la situación. Sabía a la perfección que Kei se comportaba a veces de manera extravagante, pero jamás habría pensado que tendría una salida así en un momento como ese. Aquello le hizo entender por qué Hirai solía decir que Kei tenía el «don de vivir con alegría».

El semblante preocupado que había mostrado hasta hacía un momento se desvaneció y Kei observó a la señora Kōtake con sus grandes y radiantes ojos.

Al ser consciente de aquella mirada, la enfermera sintió que una calma increíble le invadía el corazón.

—¡Veamos si tenemos algo para picar! —dijo Kazu, y a continuación entró en la cocina.

—¿Caliento el sake?

—No es necesario.

—Vale, entonces lo beberemos así.

Kei descorchó la botella con destreza y sirvió un vaso hasta arriba.

La señora Kōtake se preguntó si Kei suponía que ella bebía mucho y pensó que aquello se estaba poniendo interesante, por lo que se le escapó una risita.

Kei arrastró el vaso de sake lleno hasta arriba por la barra hasta colocarlo ante la señora Kōtake.

—Gracias —dijo esta con una media sonrisa.

Kazu regresó con un bote de encurtidos en la mano.

—Solo he encontrado esto.

—Es perfecto —comentó Kei, y acto seguido le dio un platito a Kazu para que los sirviera en él.

Kazu puso los encurtidos en el platito y sacó tres tenedores pequeños.

—Yo tomaré otra cosa —dijo Kei, y a continuación sacó un cartón de zumo de naranja de la nevera de debajo de la barra y se sirvió un vaso.

De nuevo, Kei sirvió casi hasta rebosar el vaso, esta vez de zumo de naranja. La señora Kōtake esbozó una sonrisa mientras alcanzaba el suyo.

Ninguna de las tres eran grandes bebedoras; de hecho, Kei no tomaba alcohol. Por eso, a pesar de haber propuesto un trago, ella se había servido un zumo de naranja.

El nombre del sake —que un cliente había regalado a Kei—tenía su origen en la idea de que, cuando bebías ese sake, te llevabas siete alegrías. Era un sake *ginjō*,* incoloro y transparente, y en realidad se trataba de un licor de alta calidad con una leve tonalidad verdosa llamada *aozae* en japonés, aunque los ojos del neófito no sean capaces de apreciarlo. Tenía un aroma floral con un toque afrutado, era agradable al paladar y, cuando se bebía, tal como sugería su nombre, producía una sensación de felicidad.

Mientras disfrutaba de aquel aroma dulce, la señora Kōtake recordó el primer día en que entró en aquella cafetería, hacía cinco veranos. Ese año

---

* Sake de sabores afrutados y florales hecho a partir de arroz blanco pulido en un 40 por ciento, al cual se le añade un poco de alcohol destilado al final del proceso de elaboración. *(N. de la T.)*

se había alcanzado el récord de temperaturas máximas durante varios días seguidos en todo el país y en la televisión se culpaba de ello al calentamiento global.

Sin haberlo planeado, su marido había acumulado días de fiesta y aquel día habían salido de compras, pero el calor era abrasador. Él la estaba acompañando a regañadientes y bien pronto le pidió que se sentaran a descansar en algún sitio fresco, así que se pusieron a buscar un local en el que entrar. Sin embargo, todo el mundo había tenido la misma idea que ellos. Buscaron sin cesar, pero todas las cafeterías y restaurantes informales estaban llenos de clientes refrescándose.

Por casualidad vieron un cartelito en un callejón. La cafetería se llamaba Funikuri Funikura, como una antigua canción napolitana. A pesar de que no era más que un viejo recuerdo, se acordaban de la melodía a la perfección. La letra de la canción iba sobre la subida a una montaña. En ese intenso calor, las gotas de sudor les caían por el rostro como si fueran bolas de lava incandescente.

Cuando abrieron la pesada puerta de madera y entraron en el local, sintieron el fresco del interior. El «tolón, tolón» del cencerro también les encantó. Era una cafetería pequeña en la que solo había tres mesas con dos sillas y tres sitios más en la barra, pero dentro solo había una mujer con un vestido en el asiento más alejado de la entrada. Pensaron que habían sido muy afortunados de encontrar aquel lugar secreto.

—Qué alivio —dijo el señor Fusagi, y a continuación se sentó en la mesa más cercana a la entrada dejándose caer en la silla. Inmediatamente después pidió un café helado a la chica de grandes ojos que les había llevado unos vasos de agua fría.

—Otro para mí —pidió la señora Kōtake, que se sentó delante de él. Sin embargo, quizá porque a su marido le daba vergüenza sentarse cara a cara con ella, él se desplazó a uno de los asientos de la barra.

Como el señor Fusagi solía comportarse de este modo habitualmente, a la señora Kōtake no le importó. En lugar de darle importancia, se alegró de haber encontrado una cafetería tranquila tan cerca del hospital donde trabajaba.

Los sólidos pilares y vigas que cruzaban el techo estaban hechos de madera silvestre y eran de color marrón oscuro, brillante como la piel de las castañas. Asimismo, había tres grandes relojes de pared. La señora Kōtake no era experta en antigüedades pero, por su aspecto, supo que eran unos relojes de época. La pared era de un yeso austero de color *ki-nako*,* y tenía personalidad propia, porque se había descolorido con el paso de los años. Era mediodía pero, como en el local no había ventanas, resultaba fácil perder la noción del tiempo. Una tenue iluminación teñía toda la cafetería de color sepia y confería al lugar un ambiente muy retro y agradable.

Aunque allí dentro se estaba muy fresco, miraras donde mirases, no se veía ningún tipo de aire acondicionado. Sin embargo, del techo colgaba un único ventilador de madera que daba vueltas con lentitud. Pensaron que aquello era extraño y preguntaron a Kei y a Nagare cómo podía ser que se estuviera tan bien allí, pero ambos se limitaron a responderles que siempre había sido así, de modo que no sacaron nada en claro.

No obstante, a la señora Kōtake le había gustado muchísimo el am-

* Harina de soja tostada. *(N. de la T.)*

biente de la cafetería y la personalidad de Kei y del resto del personal, así que empezó a frecuentar el lugar en sus descansos del trabajo.

—Chin, ch... —empezó a decir Kazu instintivamente con la intención de brindar, pero, por la cara que había puesto, se podía ver que se había arrepentido.

—No hay ningún motivo... para brindar, ¿verdad? —repuso Kei ruborizada mirando la cara que se le había quedado a la señora Kōtake.

—No pasa nada. No tenéis por qué preocuparos tanto —respondió esta, y a continuación ella misma acercó su vaso al de Kazu.

—Lo siento.

—No pasa nada.

La señora Kōtake sonrió con simpatía y brindó con Kazu. Los vasos emitieron un nítido y bello sonido que, de forma sorprendente, resonó por todo el local.

La señora Kōtake dio un traguito del Siete Alegrías. El sabor suave y dulce del sake le inundó la boca.

—Debe de hacer ya medio año que me llamáis por mi nombre de soltera —empezó la señora Kōtake a trompicones—. Lentamente, poco a poco, estoy desapareciendo de la memoria de Fusagi. —La mujer esbozó una leve sonrisa—. Sabía que acabaría pasando, pero... —murmuró.

Al oír aquello, a Kei se le volvieron a enrojecer los ojos.

—Pero no pasa nada, ¡de verdad! —dijo la señora Kōtake agitando rápidamente las manos—. Soy enfermera. Por mucho que se olvide de que existo, me limitaré a llevar a cabo mi trabajo. ¡Puedo hacerlo! —dijo la señora Kōtake para demostrar su valentía por si Kei y Kazu no lo habían oído antes.

No es que quisiera presumir de valor, por supuesto. Pero quería que Kei y Kazu supieran que de verdad iba a cuidarlo ella. Al ser enfermera, sabía cómo hacerlo.

Kazu jugueteaba con el vaso con semblante sereno, mientras que de los ojos de Kei volvieron a manar las lágrimas.

¡Plaf!

A espaldas de la señora Kōtake se oyó el sonido de un libro que se cerraba. La mujer del vestido había cerrado la novela que estaba leyendo.

La señora Kōtake volvió la cabeza y vio que la mujer del vestido había puesto un punto de libro en la novela —que había dejado encima de la mesa—, que sacaba un pañuelo de un neceser blanco y que se levantaba. Parecía que iba al cuarto de baño. Una vez de pie, la mujer del vestido se dirigió allí tranquila y silenciosamente. De no haber sido por el sonido del libro al cerrarlo, lo más probable es que no se hubieran percatado de que se levantaba.

La señora Kōtake siguió con la mirada los movimientos de la mujer del vestido; Kei la observó solo un instante y Kazu dio un sorbo al Siete Alegrías sin reparar en ella. No debieron prestarle mucha atención porque para ellas aquello formaba parte de la rutina diaria.

—Ahora que lo pienso. ¿Para qué querrá volver Fusagi al pasado? —murmuró la señora Kōtake mientras observaba fijamente el asiento vacío de la mujer del vestido a sabiendas de que transportaba al pasado.

Antes de que los síntomas del alzhéimer se hicieran evidentes, el señor Fusagi no era el tipo de persona que creyera en historias de este tipo.

—¡Menuda tontería! —se limitó a decir con sorna cuando la señora Kōtake le contó que corría el rumor sobre esa cafetería de que en ella podía volverse al pasado.

El señor Fusagi no creía en los fantasmas ni en los fenómenos paranormales, así que cuando la señora Kōtake se enteró de que, desde que había empezado a perder la memoria, él iba de vez en cuando a la cafetería a esperar que la mujer del vestido se levantara, no podía creérselo. Probablemente su marido estaba sufriendo cambios de personalidad a medida que el alzhéimer avanzaba. De hecho, la vida del señor Fusagi se había tornado contemplativa. Por ello, no era extraño que sus convicciones estuvieran cambiando. Pero ¿por qué demonios querría volver al pasado?

La señora Kōtake tenía mucha curiosidad por ello pero siempre que se lo preguntaba su marido le respondía que era «un secreto» y no sacaba nada en claro.

—Me ha dicho que le quiere entregar una carta —dijo Kazu como si le hubiera leído la mente a la señora Kōtake.

—¿A mí?

—Sí.

—¿Una carta?

—Dijo que se le había escapado la oportunidad de dársela.

La señora Kōtake se quedó en silencio durante unos instantes.

—¿Ah, sí? —se limitó a responder al final, como si se tratara de un asunto ajeno a ella.

Kazu se quedó patidifusa de que reaccionara de un modo tan sucinto y pensó que quizá se había metido donde no la llamaban.

Sin embargo, la breve respuesta de la señora Kōtake no tenía que ver con que Kazu le hubiera contado la razón por la que el señor Fusagi quería volver al pasado, sino porque no podía creerse que le hubiera escrito una carta.

Y es que a su marido se le daba fatal expresarse tanto de palabra como por escrito.

El señor Fusagi había crecido en el seno de un municipio pobre afectado por la despoblación, de modo que a menudo faltaba al colegio para ayudar a su familia, que tenía una tienda de algas. Sabía escribir *hiragana*, pero únicamente era capaz de escribir los *kanji* que había aprendido en los primeros cursos de primaria.*

La señora Kōtake y el señor Fusagi se habían conocido hacía veintitrés años a través de unos conocidos en común, cuando ella tenía veintiún años y él, veintiséis. En aquella época todavía no había móviles, de modo que la gente se comunicaba a través del teléfono fijo o por carta. El señor Fusagi quería ser jardinero pero, como vivía en el pueblo donde trabajaba, se comunicaban sobre todo por carta.

Dado que por aquella época la señora Kōtake también había empe-

---

* En japonés hay tres tipos de escritura: el *hiragana*, silabario que se usa para escribir palabras niponas; el *katakana*, silabario para palabras extranjeras adaptadas al japonés; y los *kanji*, símbolos que provienen de los antiguos caracteres chinos. *(N. de la T.)*

zado a estudiar en la escuela de enfermería, solo podían verse en muy pocas ocasiones, pero ella le escribía cartas con frecuencia. En las cartas le contaba cosas de lo más variadas: le hablaba de ella misma, de lo que pasaba en la escuela de enfermería, de lo que pensaba sobre libros que había leído o de los sueños de su futuro, entre otras cosas. En sus cartas relataba sus reflexiones acerca de lo que sucedía en aquella época con todo tipo de detalles, desde los más insignificantes hasta los más importantes. Muchas veces había llegado a escribir cartas de hasta diez páginas.

Sin embargo, las respuestas del señor Fusagi siempre eran cortas. Le mandaba cartas de una página y, en ocasiones, estas contenían una única frase como «Me ha parecido muy interesante» o «Te entiendo». Al principio, la señora Kōtake pensó que tenía mucho trabajo y que, por ello, no disponía de tiempo para responder pero, por más que le escribía, no conseguía que le contestara ninguna carta con normalidad. De manera que, ante tan sucintas respuestas, la señora Kōtake empezó a pensar que él no tenía ningún interés por ella. Así que le escribió una carta en la que le decía que no era necesario que le contestara si ella no le gustaba y que dejaría de escribirle en caso de que no obtuviera respuesta.

Él solía tardar una semana en responderle, pero aquella vez transcurrió un mes y todavía no había recibido contestación. La señora Kōtake se quedó confusa ante esta reacción porque, aunque las respuestas del señor Fusagi fueran cortas, siempre le quedaban de ellas una impresión positiva. No precisamente por su estilo literario, sino porque mostraba que no se andaba con rodeos. La señora Kōtake le había escrito diciendo que dejaría de hacerlo si no obtenía respuesta pero, transcurrido un mes y medio, ella seguía esperando una carta en la que él le pidiera que siguiera mandándoselas.

Transcurridos aproximadamente dos meses, le llegó una carta en la que tan solo le decía: «Cásate conmigo». Esa única frase hizo que a la señora Kōtake le latiera el corazón más fuerte que nunca. Después de que el señor Fusagi abriera su corazón de esa manera en su respuesta, a la señora Kōtake se le hizo difícil escribir. De modo que se limitó a contestarle: «Hagámoslo».

Fue más tarde cuando la señora Kōtake se enteró de que el señor Fusagi casi no sabía leer ni escribir. Cuando lo supo, le preguntó cómo había podido entender lo que le escribía en las cartas, porque estas contenían muchos *kanji* que el señor Fusagi desconocía. Él le respondió que únicamente se quedaba con la idea general y que en sus respuestas escribía lo que pensaba sobre esta. En la última carta que ella le había mandado, le dio la sensación de que se había perdido algo importante en esa idea general, así que la leyó con la ayuda de varios conocidos con quienes fue revisando las palabras una a una. Por esta razón había tardado tanto en contestar.

Por la cara que ponía, la señora Kōtake seguía sin creerse lo que Kazu le había dicho.

—Era un sobre marrón más o menos así —insistió esta mientras indicaba el tamaño del sobre con las manos.

—¿Un sobre marrón?

Al oír el tipo de sobre en que la había metido, la señora Kōtake pensó que, de hecho, eso era típico del señor Fusagi, aunque el resto de las cosas no le encajaban en absoluto.

—¿Será una carta de amor? —preguntó Kei.

Sus grandes ojos le brillaron llenos de inocencia.

—¡Para nada! ¡Para nada! —exclamó la señora Kōtake con una sonrisa jocosa a la vez que hacía aspavientos con las manos.

—Pero... si se tratara de verdad de una carta de amor, ¿qué haría?

En circunstancias normales, Kazu no solía entrometerse en los asuntos privados de otras personas pero esta vez lanzó la teoría de que era una carta de amor con una sonrisita en el rostro, probablemente con la intención de darle la vuelta a ese ambiente sofocante que había reinado en la cafetería hasta hacía unos instantes.

Con tal de cambiar de tema, la señora Kōtake aceptó la teoría de las chicas de que era una carta de amor, aunque estas desconocían que al señor Fusagi se le daba muy mal leer y escribir.

—Quizá me gustaría leerla —respondió con cierta timidez.

Lo decía de verdad. Si realmente le había escrito una carta de amor, quería leerla.

—¿Y si va a verlo? —preguntó Kei.

—¿Cómo?

La señora Kōtake no entendió en un primer momento lo que Kei le estaba queriendo decir y puso cara de desconcierto.

Incluso la misma Kazu, también sorprendida por la propuesta, dejó el vaso encima de la barra con aturdimiento.

—¿Kei? —preguntó mirándola a los ojos.

—¡Tiene que leerla! —dijo esta enérgicamente.

—¡Kei, espera! —repuso la señora Kōtake en un intento desesperado de frenarla, pero ya era demasiado tarde.

Kei estaba enardecida e hizo caso omiso del intento de la mujer de frenar aquello.

—¡Si el señor Fusagi le ha escrito una carta de amor, tiene que leerla!

Kei había dado por sentado que se trataba de una carta de amor y, mientras siguiera con esa idea, no habría nada que pudiera detenerla. Hacía tiempo que la señora Kōtake la conocía y sabía muy bien que ella era así.

Kazu parecía desconcertada, pero suspiró esbozando una sonrisa.

La señora Kōtake observó de nuevo el asiento en el que solía estar la mujer del vestido. Había oído el rumor de que se podía volver al pasado y sabía que había varias reglas engorrosas, pero jamás había considerado viajar ella misma. De hecho, no estaba del todo convencida de que pudiera hacerse de verdad.

No obstante, pensó que, si era cierto que se podía volver al pasado, quería probarlo. El tema de la carta le había suscitado muchísima curiosidad. Si lo que decía Kazu era verdad y podía volver al día en que el señor Fusagi había tenido la intención de dársela, si pudiera recibir esa carta, quedaba un resquicio de esperanza.

Pero, si el señor Fusagi quería volver al pasado para darle una carta, ¿acaso podía ir ella antes para recibirla? La señora Kōtake estaba indecisa porque pensaba que, al fin y al cabo, aquello iba a ser una especie de usurpación.

Luego respiró hondo para analizar la situación con calma. Si era cierta la regla de que, por mucho que te esforzaras, el presente no se modificaría, aunque recibiera la carta, nada iba a cambiar.

La señora Kōtake se lo preguntó a Kazu para corroborar que era así.

—El presente no cambiará —respondió esta de inmediato.

A la señora Kōtake le dio un vuelco el corazón. El hecho de que el presente fuera inamovible significaba que, por mucho que le robara la carta a Fusagi, el deseo de este por volver al pasado para entregársela tampoco cambiaría. Kōtake apuró el vaso de Siete Alegrías de un trago. Era justo lo que necesitaba para motivarse. A continuación, espiró con profundidad y dejó el vaso encima de la barra con un golpe seco.

—Sí, sí —murmuró como si se lo estuviera diciendo a sí misma—. Si realmente se trata de una carta de amor dirigida a mí, el hecho de que yo la leyera no supondría ningún inconveniente ahora, ¿verdad?

La señora Kōtake se había dicho a sí misma «carta de amor» para quitarse la mala conciencia de encima.

Kei hizo dos reverencias profundas con la cabeza para mostrarle que estaba de acuerdo con ella y, a continuación, aunque no había ninguna necesidad, imitó a la señora Kōtake y se bebió el zumo de naranja de un trago. Ella también se había venido arriba.

En lugar de beberse su vaso de un trago como habían hecho las otras dos, Kazu lo dejó sobre la barra con tranquilidad y entró en la cocina pausadamente.

La señora Kōtake se puso de pie delante del asiento de marras. La sangre le bullía por todo el cuerpo, que deslizó poco a poco entre la mesa y la silla para sentarse. Las sillas de la cafetería tenían esas elegantes y curvadas patas cabriola tan características de los muebles antiguos, y los asientos y los respaldos estaban tapizados con una tela de un pálido color verde musgo. La señora Kōtake se fijó en que todas las sillas eran idénticas y que parecían nuevas. Pero eso no pasaba únicamente con estas. De hecho, todo lo que había en el local brillaba con intensidad. Como decían que la cafetería había abierto a principios de la era Meiji, pensó que ya llevaría más de cien años en funcionamiento, pero en ella no había el menor rastro de polvo.

La señora Kōtake hizo la reflexión de que, para que algo estuviera así de impoluto, sin duda debían destinar muchas horas al día a la limpieza y después suspiró admirada. Kazu había regresado sin que la señora Kōtake se diera cuenta. Se había quedado plantada ante ella con tanta tranquilidad que hasta daba una impresión rara. Sujetaba una bandeja de plata con una taza de café de color blanco inmaculado y, a diferencia de otras veces, llevaba una jarrita de plata en lugar de la cafetera de cristal que solía usar.

Al ver la expresión de Kazu, la señora Kōtake se quedó paralizada. En ella no quedaba ni el más mínimo vestigio de su semblante inocente, sino que ahora había una belleza imponente y solemne.

—Conoce las reglas, ¿verdad? —preguntó Kazu con una voz calmada que parecía venir de muy lejos.

La señora Kōtake hizo un rápido repaso mental de las reglas.

La primera establecía que no podías encontrarte en el pasado con nadie que no hubiera estado en la cafetería. Es decir, era clave que la persona a la que quisieras ver hubiera estado allí alguna vez. La señora Kōtake pensó que aquella era la razón por la que el viaje al pasado no había tenido ningún sentido para la gente proveniente de todas partes de Japón que se habían congregado en la cafetería al conocer el rumor de que allí se podía volver atrás en el tiempo. El señor Fusagi había estado en la cafetería infinidad de veces, así que por esa parte no había ningún inconveniente.

La segunda regla establecía que, por mucho que te esforzaras en el pasado, el presente no cambiaría. Así que aunque la señora Kōtake viajara en el tiempo y recibiera la carta que el señor Fusagi no había podido darle en su momento, todo seguiría igual. Por ejemplo, aunque esto no tuviera que ver únicamente con la carta, en el caso de que se encontrara un tratamiento revolucionario para combatir el alzhéimer, por mucho que el señor Fusagi lo probara en el pasado, su estado de salud no mejoraría. Era una regla muy fastidiosa.

La tercera regla establecía que para volver al pasado tenías que sentarte en el lugar que ocupaba la mujer del vestido. Se contaba que esta acostumbraba a ir al cuarto de baño una vez al día, pero nadie sabía cuándo. Por casualidad, la señora Kōtake estaba allí presente en ese momento. Tampoco sabía si era verdad o no, pero también se contaba que, si forzabas a la mujer a separarse de la silla, esta te lanzaba un maleficio. La señora Kōtake se sintió muy afortunada por la coincidencia.

Pero aún quedaban más reglas engorrosas.

La cuarta establecía que, mientras estuvieras en el pasado, no podías levantarte ni moverte del asiento. No es que no pudieras despegar el culo de la silla pero, si lo hacías, parece ser que una fuerza mayor te obligaba a volver al presente. Asimismo, como la cafetería se encontraba en un sótano y allí no había cobertura de teléfono móvil, cuando volvías al pasado era imposible hablar con nadie que estuviera fuera de la cafetería. Total, que no podías moverte de la silla ni salir del sótano. Otra regla odiosa.

La señora Kōtake había oído que, varios años atrás, la leyenda urbana de que allí se podía volver al pasado había convertido la cafetería en famosa y que, día tras día, se inundaba de clientes que querían viajar en el tiempo, pero pensó que, con unas reglas tan engorrosas, no era de extrañar que la afluencia de gente hubiera ido disminuyendo.

La quinta regla establecía que únicamente podías permanecer en el pasado el tiempo que tardaba el café en enfriarse en la taza.

—Mientras me tome el café antes de que se enfríe, todo irá bien, ¿verdad? —quiso confirmar la señora Kōtake cuando se dio cuenta de que Kazu se había quedado en silencio esperando una respuesta.

—Eso es.

—¿Y después?

Esas eran las únicas reglas que recordaba la señora Kōtake. Pero más que su conocimiento sobre ellas, lo que quería que le explicara era cómo podía viajar a un día y a una hora determinados.

—Imagínese con todas sus fuerzas el día al que quiere volver —dijo Kazu como si hubiera adivinado la duda que tenía la señora Kōtake.

Pero eso era muy ambiguo.

—¿Que me lo imagine? —preguntó la señora Kōtake.

—Piense en un día en que el señor Fusagi todavía se acordaba de usted, el mismo en que quería darle la carta que llevaba y en que ambos acudieron juntos a esta cafetería.

Aquella vaga explicación de Kazu le ayudó a hacerse una idea de lo que tenía que imaginarse. La señora Kōtake desgranó la frase para poder concebirlo bien.

—Un día en que se acordaba de mí y en que vino con la carta.

No era muy preciso, pero la señora Kōtake recordó un día de verano de hacía tres años en el que el señor Fusagi todavía se acordaba de ella y aún no había habido ningún indicio de su enfermedad. Era difícil saber qué día había intentado darle la carta y a la señora Kōtake le costaba imaginárselo. Sea como fuere, volver a un día antes de que la escribiera no tendría ningún sentido, así que pensó directamente en el señor Fusagi escribiendo la carta.

Ya solo faltaba imaginarse el día en que había ido a la cafetería con ella. Eso era importante. Por mucho que volviera al pasado y se encontrara con él, si no tenía la carta encima, el viaje sería en vano. Sin embargo, el señor Fusagi solía llevar una carpeta grande y negra para los documentos importantes. En el caso de que realmente se tratara de una carta de amor, no era algo que se dejaría en casa. Seguro que la llevaba en esa carpeta para que la señora Kōtake no la descubriera.

Era imposible saber qué día había pensado dársela pero cabía la posibilidad de acertar. La señora Kōtake se imaginó al señor Fusagi con esa carpeta.

—¿Está lista? —preguntó Kazu con voz tranquila y suave.

—Un momento, por favor —dijo la señora Kōtake, y a continuación respiró hondo y repitió en voz baja—: Un día en que se acordaba de mí y que vino con la carta. —Pensó que ponerse nerviosa no le serviría de nada, así que decidió que estaba preparada—. Vale —le confirmó a Kazu mirándola fijamente a los ojos.

Esta asintió con una ligera reverencia de cabeza, después colocó la taza vacía ante la señora Kōtake y asió con movimientos pausados la jarrita de plata de la bandeja con la mano derecha. Todos sus gestos eran bellos, importantes y elegantes como si fueran movimientos de danza clásica.

Kazu bajó la mirada hacia la señora Kōtake.

—Tómese el café —dijo, y a continuación remarcó muy brevemente con un susurro— antes de que se enfríe.

Aquellas palabras resonaron en el silencio de la cafetería y la señora Kōtake sintió que el ambiente se tensaba. Kazu empezó a servir el café como si se tratara de una ceremonia solemne.

El caño de la jarrita de plata era tan fino que el café que salía era como un hilillo de color negro azabache. A diferencia de las jarras de boca amplia por las que el líquido emite un ruidoso trasiego, esta era silenciosa. El café pasaba muy poco a poco sin hacer ruido de la jarrita de plata a la taza de color blanco inmaculado.

La señora Kōtake no estaba acostumbrada a ver una jarrita de plata así. Comparado con las que se veían en otras cafeterías, esta era mucho más pequeña. Asimismo era sólida pero, a su vez, muy refinada. Pensó que seguramente el café también sería especial.

Sumida en estas reflexiones, el vapor de la humeante taza de café empezó a ascender despacio.

En ese momento, a la señora Kōtake le pareció que todo lo que había a su alrededor se deformaba en una especie de vaivén y pensó que estaba teniendo alucinaciones. Entonces recordó el vaso de Siete Alegrías que se había bebido de un trago y se preguntó si le habría subido de golpe, pero no era eso.

La señora Kōtake estaba impactada porque su propio cuerpo también estaba inmerso en esa especie de vaivén, fundiéndose con el vapor del café. Cuando se dio cuenta, todo lo que había a su alrededor estaba del revés. Estaba viajando al pasado convertida en humo. La señora Kōtake cerró los ojos, no porque tuviera miedo, sino porque pensó que quería concentrarse para asegurarse de volver al día que deseaba.

La primera vez que la señora Kōtake percibió algo raro fue un día que el señor Fusagi le hizo cierto comentario. Ella había estado preparando la cena mientras esperaba que él regresara a casa.

El señor Fusagi era jardinero; le encantaba decir que su trabajo no se limitaba únicamente a podar ramas y arreglar hojas, sino que había que pensar en el equilibrio del jardín: no se trataba solo de que fuera esplendoroso o demasiado modesto. Según él, lo más importante es el equilibrio.

Empezaba a trabajar a primera hora de la mañana y no lo dejaba hasta que el día oscurecía. Al final de la jornada, ya no solía tener nada que hacer, por lo que volvía directo a casa. Así que, siempre que no le tocara el turno de noche, la señora Kōtake lo esperaba para que cenaran juntos.

Ese día, aunque ya había oscurecido, el señor Fusagi todavía no había vuelto. Aquello le extrañó a la señora Kōtake, pero pensó que habría ido a tomar algo con los compañeros del trabajo y no le dio más importancia. Al final, su marido regresó a casa un par de horas más tarde de lo habitual.

Cada vez que llegaba a casa, el señor Fusagi llamaba al timbre de la puerta. Din don, din don, din don. Siempre tres veces. De este modo hacía saber a la señora Kōtake que había regresado. Sin embargo, aquel día no pulsó el timbre. Ella oyó el ñec, ñec del pomo de la puerta y cómo, desde fuera, el señor Fusagi gritaba:

—¡Soy yo!

La señora Kōtake se extrañó y fue a abrir la puerta, porque pensó que quizá su marido se había hecho daño y no podía llamar al timbre. Sin embargo, el señor Fusagi estaba allí con el mismo aspecto de siempre: vestido con la camisa gris y los pantalones bombacho azul marino del uniforme y con la bolsa de las herramientas colgada al hombro.

—¡Me he perdido! —dijo avergonzado.

Aquello había sucedido una noche de verano justo hacía dos años.

Como la señora Kōtake era enfermera, por la propia naturaleza de su trabajo era suspicaz con los primeros síntomas de las enfermedades. Olvidarse de cómo volver a casa no era normal y ella lo sabía bien. El señor Fusagi no tardó mucho en olvidarse de si había ido a trabajar o no. Los síntomas fueron progresando y de un día para otro empezaron a ocurrir cosas como que a medianoche decía: «Se me ha olvidado hacer un trabajo importante».

Cuando esto sucedía, la señora Kōtake no le llevaba la contraria, sino que le contestaba que ya lo comprobarían la mañana siguiente y se centraba en calmarlo.

En secreto, el señor Fusagi fue a ver a un especialista. Se esforzó mucho para intentar evitar que la enfermedad progresara aunque fuera solo un poco. No obstante, los días pasaban y él iba olvidando cosas. Muchas.

Al señor Fusagi le gustaba viajar. Pero más que el propio hecho de desplazarse, lo que le agradaba era ver los jardines de allá donde iba. Siempre que podía, la señora Kōtake se cogía un día de fiesta para ir con él. Él decía que odiaba viajar por trabajo, pero a ella no le importaba. El señor Fusagi se pasaba todo el trayecto con el ceño fruncido, pero la señora Kōtake sabía que en realidad él acostumbraba a hacer eso cuando estaba de buen humor.

A pesar de que los síntomas siguieron avanzando, el señor Fusagi no dejó de viajar. No obstante, empezó a visitar los mismos sitios una y otra vez.

La enfermedad también empezó a afectar su vida en común.

Olvidaba cosas que él mismo había comprado, y después se quejaba porque no sabía de dónde había salido aquello y eso hacía que se le torciera el día.

El señor Fusagi salía del piso en el que vivían, al cual se habían mudado de recién casados, y desaparecía varias veces hasta que la señora Kōtake recibía una llamada de la policía. Finalmente, medio año atrás, empezó a llamar a su esposa «Kōtake», su apellido de soltera.

Sin saber cómo, la señora Kōtake dejó de sentir aquella especie de mareo. Abrió los ojos y vio que el ventilador de techo giraba lentamente. Sus extremidades ya no eran de vapor.

Sin embargo, no tenía la certeza de haber vuelto de verdad al pasado.

En la cafetería no había ventanas. La iluminación era igual de tenue que siempre y teñía el local con ese color sepia único que lo caracterizaba. Sin mirar la hora, era imposible saber si era de día o de noche. Pero los tres relojes de pared del local indicaban horas distintas.

Sin embargo, sí que había una cosa diferente: Kei y Kazu, que le acababa de servir el café, no estaban allí. Pensó que tenía que calmarse, pero el corazón le palpitaba cada vez con más fuerza y no conseguía frenar el ritmo.

La señora Kōtake se volvió para observar el local.

—No hay nadie —murmuró afligida.

Había viajado al pasado con la única expectativa de encontrarse con el señor Fusagi, de modo que se llevó una gran decepción.

La señora Kōtake se quedó pensativa durante unos instantes, con la mirada ausente dirigida hacia el ventilador del techo.

Pensó que era una pena pero que, a lo mejor, las cosas ya estaban bien así. En realidad, se quitaba un peso de encima. Por un lado, no cabía duda de que le habría gustado leer la carta, pero, por otro, también albergaba cierto sentimiento de culpa por la «violación de la intimidad» que hubiera supuesto hacerlo. Si el señor Fusagi se enteraba de que había viajado al pasado para leer la carta, seguro que se habría enfadado.

Además, como el presente no iba a cambiar de todas formas, tampoco pasaba nada porque no la leyera. Si el estado de su marido pudiera mejorar por leer la carta, sería capaz hasta de dar su vida por hacerlo. Pero todo aquello no guardaba ningún tipo de relación con la patología del señor Fusagi. Del mismo modo, tampoco cambiaría el hecho de que la señora Kōtake acabaría cayendo en el olvido para el señor Fusagi.

La señora Kōtake se puso a reflexionar sin prisas. Hacía poco, se había quedado atónita al oír de repente que él le preguntaba si se conocían de algo. Eso le había causado un impacto emocional. Por mucho que se hubiera estado preparando para cuando llegara aquel momento, los nervios habían podido con ella. Y eso era lo que había pasado, ni más ni menos.

La señora Kōtake recuperó la calma.

Para ella ya no tenía sentido estar en el pasado, así que pensó en volver al presente. Se dijo a sí misma que, como enfermera titulada que era, podría cuidar a su marido aunque para él fuera una completa extraña. Se reafirmó en esa decisión.

—Total, tampoco debía de ser una carta de amor —murmuró la señora Kōtake, y a continuación asió la taza de café.

¡Tolón, tolón!

Alguien había entrado por la puerta. Para llegar al interior de la cafetería, había que bajar unas escaleras desde la calle y pasar por una gran puerta de dos metros de altura hecha con una esplendorosa corteza de árbol.

Al abrir esta puerta sonaba el tolón, tolón de un cencerro, pero la persona que entraba no se veía al momento desde la cafetería. Al cruzar la puerta había un espacio parecido a un parterre y la entrada a la cafetería se encontraba en la parte central de la pared que había a la derecha de ese espacio. Desde la puerta de madera hasta la entrada había dos o tres pasos de distancia, de modo que desde que se oía el cencerro hasta que se veía al cliente pasaba un lapso de tiempo de unos segundos.

Por esta razón, aunque hubiera sonado el cencerro, la señora Kōtake desconocía quién había entrado. ¿Sería Nagare? ¿O quizá Kei? Entonces se dio cuenta de que se estaba poniendo un poco nerviosa. A decir verdad, temblaba, pues estaba viviendo una experiencia fuera de lo común. Bueno, más bien única. Si se trataba de Kei, seguramente le preguntaría qué hacía allí pero, si era Kazu, lo más probable es que se comportara como si no pasase nada y mostrara una actitud de cierta indiferencia.

A la señora Kōtake le rondaban un sinfín de ideas por la cabeza. Sin embargo, la persona que entró no fue Kei ni tampoco Kazu. Quien traspasó el umbral de aquella entrada sin puerta fue el señor Fusagi.

—¡Ah! —espetó Kōtake.

Aquello la había pillado por sorpresa. Había vuelto al pasado para verlo, pero no se esperaba que fuera él quien entrara en la cafetería. El señor Fusagi iba vestido con un polo azul marino y unos pantalones cortos de color beige, la ropa que solía llevar los días en que no trabajaba. Afuera seguramente hacía calor porque se estaba abanicando con una carpeta negra que llevaba en la mano.

La señora Kōtake estaba petrificada, mientras que él se había quedado parado en la entrada de la cafetería sin decir nada, mirándola extrañado.

—Anda —se limitó a decir ella sin saber cómo abordar la conversación.

Por alguna razón, Fusagi jamás la había mirado de aquella manera, ni siquiera después de haber formalizado su relación. Parecía feliz, pero también avergonzado.

Ella se había hecho la vaga idea de viajar unos tres años atrás, pero no había nada que probara que aquello hubiera sido realmente así. Pensó que quizá se había equivocado y que, en lugar de eso, tal vez solo había acertado en el número tres y había retrocedido tres días. Se reprochó a sí misma haberse imaginado algo tan vago.

—No sabía que estarías aquí —dijo él sin andarse con rodeos.

Así hablaba siempre el señor Fusagi. Bueno, más bien el de antes de enfermar. Y de esta manera se lo había imaginado. Bueno, más bien era como lo recordaba.

—Te he estado esperando, pero no volvías —añadió.

El señor Fusagi apartó la mirada y, a continuación, tosió a la vez que fruncía el ceño con cierto aire de desaprobación.

—Pero estás bien, ¿no?

—¿Cómo?

—Esto... ¿Sabes quién soy?

—¿Qué?

Él la miró desconcertado.

Sin embargo, ella no había dicho aquello con ánimo de tomarle el pelo, sino con la intención de comprobar algo. Estaba segura de que había vuelto al pasado, pero no sabía exactamente a qué momento, si antes o después de que hubieran aparecido los primeros síntomas del alzhéimer.

—Prueba a decir mi nombre.

—¿Me estás tomando el pelo? —soltó el señor Fusagi con tono enfadado sin responder a su petición.

No obstante, la señora Kōtake sonrió feliz.

—Vale, no te enfades —dijo negando con la cabeza.

Gracias a esa corta conversación, la señora Kōtake había podido saber cuál era la situación. Había vuelto al pasado, no cabía ninguna duda. Tenía ante sus ojos al señor Fusagi de antes de perder la memoria, el de hacía tres años que se había imaginado.

Removió el café con un repiqueteo de cuchara y una sonrisa en el rostro.

El señor Fusagi la observó mientras lo hacía.

—Qué rara eres —dijo, y después debió de darse cuenta de que en el local no había nadie más aparte de ellos dos—. ¿Jefe? —preguntó alzando la voz y mirando hacia la cocina.

Como no obtuvo ninguna respuesta, le dio la vuelta a la barra al son del paf, paf, paf de sus chanclas *setta* con las que iba calzado y echó un vistazo al cuarto del fondo. Pero allí tampoco había nadie.

—¿Y eso? ¿Estás sola? —preguntó quejoso mientras se sentaba en el sitio de la barra más alejado de la señora Kōtake.

Ella se aclaró la voz forzando un pequeño carraspeo. Entonces, el señor Fusagi volvió la cabeza con apatía.

—¿Qué pasa?

—¿Por qué te has sentado tan lejos?

—¡Qué más da dónde me siente!

—¿Y por qué no aquí? Conmigo.

La señora Kōtake dio un par de golpecitos en la mesa para indicarle que se pusiera en el asiento libre que había delante de ella.

Sin embargo, el señor Fusagi torció el gesto como si se hubiera tragado algo amargo.

—Que no —respondió.

—¿Por qué no? —preguntó afligida.

—¿Dónde se ha visto que una pareja desde hace tantos años vaya con formalidades a la hora de sentarse? —se opuso frunciendo el ceño y con tono medio enfadado.

Aunque su tono había sido brusco, el hecho de que el señor Fusagi frunciera el ceño no tenía por qué significar que estaba de mal humor. Al revés, la señora Kōtake sabía muy bien que, de hecho, solía hacerlo cuando estaba de buen humor para esconder su timidez.

—Tienes razón, somos una pareja —subrayó ella con una sonrisa porque le había hecho especial ilusión que de la boca del señor Fusagi hubiera salido esa palabra.

—¿Qué te pasa? ¿Por qué sonríes? —preguntó.

Todo lo que él decía le hacía sentir nostalgia y, a la vez, felicidad. La señora Kōtake dio un sorbo al café con toda tranquilidad.

—¡Ah!

Se acababa de dar cuenta de que el café estaba tibio y recordó que no disponía de todo el tiempo del mundo, sino que más bien era limitado. Debía tomarse el café antes de que se enfriara.

—Esto... ¡Oye!

—¿Y ahora qué?

—¿No hay algo...? ¿Algo que quieras darme?

La señora Kōtake se puso muy nerviosa, porque le dio por pensar si sería verdad que le había escrito una carta antes de que aparecieran los primeros síntomas de su enfermedad y si realmente sería de amor. La cabeza le decía que aquello era imposible. Sin embargo, por mucho que sabía que existía una regla que establecía que el presente no podía cambiar, el deseo de leer la supuesta carta de amor de su marido la apremiaba y empezó a actuar sin pensar.

—¿El qué?

—Algo de este tamaño.

La señora Kōtake dibujó el tamaño del sobre en el aire, del mismo modo que Kazu lo había hecho ante ella.

Ante tal planteamiento, el señor Fusagi puso cara de susto y se quedó paralizado mirándola fijamente.

Al darse cuenta de eso, la señora Kōtake pensó que lo había fastidiado todo.

Al poco tiempo de casados, les había ocurrido algo parecido. El señor Fusagi tenía un regalo preparado para el cumpleaños de la señora Kōtake y que esta había visto por casualidad el día anterior entre los enseres de él. Ella estaba impaciente de la emoción, porque él no le había regalado nunca nada. Era el primer presente que le hacía.

El día de su cumpleaños, cuando el señor Fusagi volvió del trabajo, la señora Kōtake estaba tan contenta que le preguntó si tenía algo para ella.

Tras unos instantes de silencio, él le respondió que no tenía nada en particular para ella y ahí acabó la conversación. Al día siguiente, la señora Kōtake encontró el regalo en el cubo de basura. Era un pañuelo de color lila claro.

Ahora lo había vuelto a repetir. El señor Fusagi odiaba que le dijeran que hiciese las cosas que él ya tenía pensadas, así que, por mucho que la llevara encima, seguramente ya no se la daría. Y mucho menos si se trataba de una carta de amor.

La señora Kōtake se arrepintió de haber tenido ese descuido, en especial disponiendo de tan poco tiempo. El señor Fusagi seguía mirándola con cara de susto.

Ella le dedicó una sonrisa.

—Perdona, perdona. No he dicho nada, olvídalo —dijo con despreocupación. Qué más daba, solo había querido probarlo. Así que prosiguió con la conversación—: ¡Ah! Por cierto, ¿te apetece que esta noche haga *sukiyaki** para cenar?

Ese era el plato preferido del señor Fusagi. Normalmente saber que iba a comerlo le ponía de buen humor, pero ahora seguía con la cara larga.

La señora Kōtake asió despacio la taza y comprobó la temperatura del café con la palma de la mano. «Todavía queda tiempo, todavía queda tiempo», pensó.

Entonces decidió atesorar en su corazón ese preciado momento que estaba pasando con su marido y olvidarse de la carta de amor. A juzgar por la manera en que había reaccionado, no cabía duda de que le había escrito una carta. De lo contrario, no le habría respondido de esa forma tan brusca. Si seguían por esos derroteros, lo más probable es que el señor Fusagi acabara tirando la carta en la basura. Así que decidió cambiar de estrategia para evitar que se repitiera lo mismo que había sucedido en aquel cumpleaños.

El señor Fusagi seguía con el semblante serio, pero eso tampoco era

---

* Plato japonés en el que los ingredientes se hierven en la mesa, en una cazuela con una salsa de soja, mirin y azúcar, y que se mojan en un cuenco con huevo crudo antes de comerlos. *(N. de la T.)*

de extrañar. Estaba aún así porque no quería que la señora Kōtake pensara que al oír la palabra *sukiyaki* su humor cambiaba al instante. Él ya no era una persona fácil antes de que le aparecieran los síntomas del alzhéimer, pues siempre iba con esa adorable cara enfurruñada. La señora Kōtake se sintió muy feliz de haber podido volver atrás en el tiempo.

Sin embargo, a la señora Kōtake se le había escapado algo.

—Aaah, ahora lo entiendo —murmuró el señor Fusagi frunciendo el ceño, y a continuación se levantó de la silla de la barra para acercarse a ella con desgarbo.

—¿Eh? ¿Cómo? —dijo ella levantando la mirada en su dirección mientras este la observaba de un modo imponente, y después le preguntó histérica—: ¿Qué pasa?

Era la primera vez que reaccionaba de esa forma.

—Has venido del futuro, ¿verdad?

—¿Eh?

Era asombroso que de la boca de su marido hubieran salido esas palabras, pero estaba en lo cierto. La señora Kōtake había viajado de verdad desde el futuro.

—Ah, pues...

Nerviosa, la señora Kōtake rebuscó en su memoria por si había alguna regla que estableciera algo como que cuando volvías al pasado no podías revelar a la gente con la que te encontrabas que venías del futuro.

—Verás...

—He pensado que era extraño que estuvieras en ese asiento.

—Es que...

—Sabes que estoy enfermo, ¿verdad?

A la señora Kōtake le dio un vuelco el corazón. Pensaba que había regresado a tiempos anteriores a la enfermedad del señor Fusagi, pero estaba equivocada.

El Fusagi que tenía ante sus ojos ya sabía que estaba enfermo. A juzgar por la ropa que llevaba, era verano. Por lo tanto, supuso que había viajado dos años atrás. A ese verano de hacía dos años en que él se había perdido de vuelta a casa y la señora Kōtake intuyó por primera vez que estaba enfermo. Si hubiera vuelto un año atrás, el alzhéimer ya habría estado demasiado avanzado y habría percibido algo extraño al hablar con él. Había tenido la impresión de que el azar la había llevado tres años atrás, pero de todas formas el día en el que se encontraba cumplía con los requisitos que se había imaginado: su marido no se había olvidado de ella, tenía intención de entregarle una carta y había acudido a la cafetería con ella encima. Los requisitos imaginados no debían de cumplirse tres años atrás porque, seguramente, por aquel entonces él quizá no hubiera escrito aún la carta.

Es decir, lo había hecho después de que aparecieran los primeros síntomas de la enfermedad. Así que no tenía por qué ser una carta de amor.

Sea como fuere, el Fusagi que tenía ante sus ojos era consciente de que estaba enfermo. Por tanto, pensó que era muy probable que el contenido de la carta guardara relación con el alzhéimer. Cuando la señora Kōtake le había preguntado por la carta hacía un rato y se había imaginado por qué había puesto esa cara de susto, no se había equivocado.

—¡Lo sabes, ¿verdad?! —insistió el señor Fusagi alzando la voz, como si se lo echase en cara.

Llegados a este punto, no había razón para mentirle. Así que la señora Kōtake asintió inclinando ligeramente la cabeza sin abrir la boca.

—Ya decía yo... —murmuró el señor Fusagi con desánimo al ver su gesto de asentimiento.

Ella recuperó la compostura. Total, hiciera lo que hiciese, el presente no cambiaría. Sin embargo, tenía claro que no quería decirle nada que lo conmocionara.

No había vuelto al pasado para eso y en ese momento se avergonzó de haberse regocijado con la idea de que le habría escrito una carta de amor. La señora Kōtake se arrepentía desde lo más profundo de su ser. Pero aquel no era el momento de estar pensando en eso. El señor Fusagi se había quedado mudo.

—Mira... —dijo la señora Kōtake espontáneamente al verlo cabizbajo.

Era la primera vez que lo veía tan alicaído y se le encogió el corazón.

A continuación, el señor Fusagi le dio la espalda y se dirigió hacia donde había estado sentado hasta hacía un momento. Una vez delante de la barra, se detuvo, cogió la carpeta negra que había dejado encima de ella, sacó un sobre marrón de su interior y volvió a acercarse a la señora Kōtake. En su expresión facial no percibió conmoción ni desesperación, sino más bien timidez.

El señor Fusagi empezó a hablar con voz ronca y entre susurros, lo cual dificultaba entenderlo:

—En mi presente no sabes que estoy enfermo.

Eso es lo que él pensaba en ese momento. Sin embargo, seguramente ella ya se había dado cuenta o estaba a punto de hacerlo.

—No sabía cómo decírtelo.

El señor Fusagi levantó un poco el sobre marrón para mostrárselo. Había decidido explicarle lo de su enfermedad por carta.

«No tiene sentido que lea la carta ahora. Eso ya lo sé. Quien tendría que haberlo hecho era mi yo del pasado. No se vio capaz de dármela. No pudo. Pero no pasa nada. Así son las cosas.»

La señora Kōtake decidió regresar a la realidad dejando las cosas tal como estaban. Era mejor no hurgar en las heridas, pues la conversación podía ir a peor y él preguntarle sobre su estado de salud futuro. Si le explicaba cómo estaba avanzando su enfermedad, podría provocarle un impacto emocional inconmensurable. Así que tenía que volver antes de que se lo preguntara. Tenía que regresar al presente. La temperatura del café había llegado a un punto en el que podía tomárselo de un trago.

—El café no se me puede enfriar —dijo Kōtake, y a continuación se llevó la taza a los labios.

—Entonces ¿voy a olvidarme? ¿Voy a olvidarme de ti? —titubeó el señor Fusagi con la cabeza gacha y entre murmullos.

Al oír esas palabras, la señora Kōtake palideció y olvidó hasta por qué tenía aquella taza de café delante.

«¿Se refiere a mí?»

Lo miró temerosa: él la observaba ahora con el semblante desolado. Ver aquella expresión en su rostro se le hizo muy difícil.

A la señora Kōtake no le salían las palabras y le resultó imposible aguantarle la mirada, así que la bajó instintivamente.

Sin embargo, su silencio le dio a entender al señor Fusagi que la respuesta era afirmativa.

Él la observó a su vez.

—Vaya, me lo imaginaba —murmuró con semblante triste, y después agachó tanto la cabeza que daba la impresión de que se le iba a partir el cuello.

De los ojos de la señora Kōtake manaron lágrimas.

Día tras día, desde que le habían diagnosticado el alzhéimer, su marido había tenido que sobrellevar él solo la ansiedad y el temor que le producía estar perdiendo la memoria sin habérselo transmitido a su mujer.

Al saber que ella había viajado desde el futuro, lo primero que había querido comprobar había sido si se había olvidado de ella o no.

A la señora Kōtake aquello la hizo feliz, pero también la llenó de tristeza.

Por esta razón, y olvidando secarse las lágrimas que había derramado, alzó la cabeza y le dedicó una sonrisa radiante para que entendiera que eran de felicidad.

—¿Sabes qué? En realidad, has ido a mejor.

«A partir de ahora es cuando tendré que hacer de enfermera más que nunca.»

—En el futuro me lo has dicho.

«Total, diga lo que diga, el presente no cambiará.»

—Que tenías miedo.

«Aunque tenga que mentirle, quisiera mitigar su miedo. ¡Ni que sea por un instante!»

La señora Kōtake pensó que daría su vida para que su marido se lo creyera. La voz se le entrecortaba y las lágrimas le brotaban a raudales pero, aun así, mantuvo esa radiante sonrisa en el rostro y prosiguió hablando:

—No te preocupes.

«¡No te preocupes!»

—Te recuperarás.

«¡Te recuperarás!»

—Quédate tranquilo.

«¡Seguro que te recuperarás!»

La señora Kōtake pronunció cada una de esas palabras con todas sus fuerzas. Aunque sabía que él se olvidaría de ella y que el presente no cambiaría, en su cabeza aquello no era mentira.

El señor Fusagi la miró fijamente a los ojos. Ella le aguantó la vista sin parpadear ni siquiera una vez. No podía parar de llorar.

—¿De veras? —susurró él con cara de felicidad.

—Sí —dijo, y después asintió inclinando mucho la cabeza.

Con el semblante muy tranquilo, él bajó la mirada hacia el sobre marrón que tenía en las manos y se acercó despacio hacia ella. Se encontraban a una distancia en la que podían tocarse si alargaban la mano.

—Toma —dijo el señor Fusagi dándole el sobre marrón con gesto infantil.

—Pero si ya te has recuperado —respondió ella rechazando el sobre marrón con delicadeza.

—Bueno, pues entonces tíralo —dijo el señor Fusagi presionando un poco para que se lo quedara.

En su tono de voz no había esa brusquedad que lo caracterizaba, sino que se había dirigido a ella con extrema amabilidad, lo cual la desconcertó y le hizo pensar que quizá se le había pasado por alto algo importante.

El señor Fusagi le volvió a poner el sobre marrón delante para que se lo quedara. Acongojada, cogió la carta con las manos temblorosas sin saber con qué intenciones la había escrito.

—Se te va a enfriar el café.

El señor Fusagi conocía bien las reglas. Había dicho aquello para animar a su mujer a que se tomara el café antes de que se le enfriara. Después le dedicó una gran y dulce sonrisa.

La señora Kōtake se limitó a asentir inclinando ligeramente la cabeza y, a continuación, alargó la mano para asir la taza de café sin decir nada.

Una vez que la tuvo en la mano, el señor Fusagi se volvió y se quedó de espaldas a ella.

A la señora Kōtake le pareció que su tiempo como pareja terminaba ahí. Una gruesa lágrima resbaló por su mejilla.

—¡Fusagi! —gritó instintivamente cuando vio que se ponía de espaldas.

Sin embargo, él no volvió la cabeza. Parecía que los hombros le temblaban un poco.

A su espalda, ella se tomó el café de un trago. No porque se hubiera enfriado, sino porque entendió que si le había dado la espalda era para ayudar a la Kōtake del futuro a volver al presente sin que le pasara nada. Así de bondadoso era él.

—Fusagi...

La señora Kōtake sintió que un vaivén le invadía todo el cuerpo. Dejó la taza sobre el platito con un chasquido y, al soltarla, vio que su mano se convertía en vapor. Después de eso, ya solo le quedaba volver a la realidad cotidiana. En ese breve instante, su vida como pareja acababa de terminar.

Entonces él se volvió hacia ella de repente. Quizá porque el chasquido de la taza contra el platillo le había llamado la atención. La señora Kōtake no sabía qué era lo que veía él, pero le pareció que era a ella.

Mientras perdía la conciencia entre el vaivén y el humo, vio cómo los labios de su marido se movían ligeramente. Y si no los había leído mal, decían: «Gracias».

La conciencia de la señora Kōtake se nubló y empezó a viajar del pasado al presente. Incapaz de detener el sinfín de lágrimas que le brotaban a raudales, le pareció ver que la escena del interior de la cafetería fluía a cámara rápida de arriba abajo.

En un abrir y cerrar de ojos, Kazu y Kei habían aparecido ante ella. Había vuelto. Había regresado al día en que su marido la había olvidado del todo.

Kei observó el rostro de la señora Kōtake y se alarmó.

—¿Qué ha pasado con la carta? —preguntó con cara de preocupación.

No se refirió a «la carta de amor», sino a «la carta» a secas.

La señora Kōtake bajó la mirada para observar el sobre marrón que contenía la carta que su marido le había entregado en el pasado. Después, la sacó despacio y reconoció aquellos trazos retorcidos como gusanos tan característicos de la letra de su marido.

Después de leer la carta de cabo a rabo repetidas veces, la señora Kōtake se tapó la boca con la mano derecha y, aunque intentó contener los sollozos, las lágrimas le volvieron a brotar a raudales.

Se había puesto a llorar de repente con tanta intensidad que Kazu, que estaba de pie a su lado, se preocupó.

—¿Señora Kōtake? —le dijo.

Sin embargo, a esta le temblaban los hombros con fuerza y cada vez lloraba con mayor desconsuelo.

Tanto Kazu como Kei se la quedaron mirando sin saber qué hacer.

Un rato después de haber leído la carta, la señora Kōtake se la dio a Kazu.

Esta dudó sobre si de verdad debía leerla y miró a Kei, que estaba en la barra.

Su compañera asintió con semblante serio inclinando ligeramente la cabeza.

Kazu bajó la mirada un momento para observar a la señora Kōtake, que seguía llorando, y empezó a leer la carta.

Como eres enfermera, seguramente ya te habrás dado cuenta de que tengo una enfermedad que hace que olvide las cosas. Me imagino que a medida que vaya perdiendo la memoria no sabré lo que digo ni lo que hago, que incluso podría llegar a olvidarme de ti y que si eso ocurriera, como enfermera que eres, mantendrás la calma y estarás a mi lado aunque yo ya no sea yo.

Solo quiero que recuerdes esto.

Somos marido y mujer y, si como tales, las cosas se ponen difíciles será mejor que nos separemos. No quiero que me hagas de enfermera y, si no puedo ser tu marido, déjame. Quiero que seas mi mujer solo hasta que puedas. Porque tú y yo somos marido y mujer.

Por mucho que pierda la memoria, eso es lo que quiero que sigamos siendo. De ningún modo quiero que estés conmigo solo por compasión. Te lo escribo en esta carta porque soy incapaz de decírtelo en persona.

En el mismo instante que Kazu terminó de leer la carta, la señora Kōtake y Kei levantaron la mirada hacia el techo y rompieron a llorar.

La señora Kōtake por fin entendió por qué el señor Fusagi había querido entregarle la carta a su mujer del futuro.

Él sabía perfectamente qué haría ella cuando se diera cuenta de que estaba enfermo. Asimismo, de este modo también había corroborado sus sospechas de que su mujer le estaba haciendo de enfermera en el futuro.

Estaba perdiendo la memoria y, en medio de su ansiedad y temor, el señor Fusagi albergaba el deseo de que la señora Kōtake siguiera siendo su mujer. Él la llevaba siempre en su corazón, por mucho que estuviera perdiendo la memoria. En realidad, el señor Fusagi estaba encantado de estar siempre hojeando revistas de viajes y llenándolas de notitas. Una vez, la señora Kōtake miró lo que había escrito y era el nombre de aquellos lugares en los que había visitado sus jardines. Entonces pensó que aquello no era más que un vestigio de su amor al arte de los jardines. Sin embargo, no era solo eso. Todos aquellos nombres eran de lugares a los que había ido con ella. En ese momento no ató cabos, pero tampoco pasaba nada. Esas notas formaban parte de la lucha del señor Fusagi por no olvidarla.

Por descontado, la señora Kōtake no tenía por qué pensar que había cometido un error por haber querido cuidar de él como enfermera. Por él, haría todo lo que estuviera en sus manos. Además, con la carta que había escrito, el señor Fusagi no tenía ninguna intención de criticarla. Aunque ella le había mentido diciéndole que se recuperaría, había acertado al pensar que eso era lo que él quería oír. De lo contrario, él no le habría dado las gracias al despedirse.

Después de que la señora Kōtake llorara durante un rato, la mujer del vestido regresó del cuarto de baño y se quedó parada ante ella.

—Sal de ahí —dijo con una voz profunda.

—Va... Vale.

La señora Kōtake se levantó apresuradamente y la mujer ocupó el asiento. Había aparecido justo en el mejor momento, cuando la señora Kōtake había recuperado un poco los ánimos.

Con los ojos hinchados, miró a Kazu y a Kei a la cara, y a continuación ondeó en el aire la carta que la primera de las dos acababa de leer.

—Ya veis —dijo con una sonrisa.

Los grandes ojos de Kei seguían derramando lágrimas a raudales, por lo que esta solo pudo asentir con la cabeza.

—¿Qué he estado haciendo? —murmuró la señora Kōtake con la mirada clavada en la carta.

—Señora Kōtake... —dijo Kei sorbiéndose los mocos a la vez que la miraba con cara de preocupación.

Esta dobló la carta con mucho cuidado y la introdujo en el sobre.

—Me voy a casa —dijo con voz convencida.

Kazu asintió inclinando la cabeza ligeramente. La mente de Kei todavía se encontraba en un estado de turbación y la señora Kōtake la miró. Kei había llorado incluso más que ella y le hizo gracia pensar que quizá se había deshidratado. Después respiró hondo. Tenía la expresión decidida y se sentía revitalizada. Del bolso que había dejado encima de la mesa sacó un monedero y, de este, trescientos ochenta yenes en monedas pequeñas.

—Gracias —dijo, y a continuación se los dio a Kazu.

Esta le devolvió el agradecimiento con una sonrisa pura y, después, la señora Kōtake le dedicó una pequeña reverencia con la cabeza y se dirigió a la salida.

Anduvo con ligereza, seguramente porque quería ver al señor Fusagi cuanto antes. Después cruzó el umbral de la salida sin puerta y su silueta desapareció del campo de visión de Kazu y de Kei.

—¡Ah! —exclamó desde la salida y, a continuación, volvió a entrar.

Las camareras se miraron con cara de no saber qué estaba pasando.

—A partir de mañana queda prohibido que me llaméis por mi nombre de soltera, ¿vale? —dijo con una sonrisa inocente como la de una niña pequeña.

Ella había pedido a Kei, a Kazu y al resto que se dirigiesen a ella como «señora Kōtake» cuando el señor Fusagi la había empezado a llamar de ese modo, porque le preocupaba confundirlo. Pero eso ya le daba igual.

El rostro de Kei volvió a iluminarse con una gran sonrisa.

—¡Claro! —respondió con energía abriendo sus grandes ojos de par en par.

—Hacédselo saber a los demás —dijo la señora Kōtake y, sin esperar una respuesta, se despidió moviendo la mano derecha y se fue.

¡Tolón, tolón!

—Entendido —respondió Kazu para sí misma, y acto seguido llevó el dinero del café que le había dado la señora Kōtake hasta la caja.

Kei recogió la taza vacía y se metió en la cocina para sacar café recién hecho a la mujer del vestido.

El repiqueteo de las teclas de la caja que pulsó Kazu resonó con total claridad y nitidez en el interior del local. El ventilador del techo giraba como siempre sin hacer ruido.

Kei volvió de la cocina y le sirvió café a la mujer.

—Es un placer tenerla aquí de nuevo este verano —susurró Kei.

Pero la mujer del vestido no respondió nada y siguió leyendo la novela tan tranquilamente. Kei se tocó la barriga y sonrió.

El verano acababa de empezar.

3

Hermanas

En el asiento de marras había una niña en silencio.

Tenía los ojos redondos y aspecto de estudiante de secundaria. Iba vestida con un jersey de cuello alto, una minifalda de tartán, unas medias negras y unas botas con hebillas de color marrón oscuro. Asimismo, tenía una trenca granate colgada en el respaldo de la silla. A juzgar únicamente por la ropa, parecía bastante madura, pero su expresión era todavía un poco infantil. Lucía una preciosa cabellera negra con un corte bob con las puntas hacia dentro a la altura del mentón. No llevaba maquillaje, pero sí unas pestañas largas que definían mucho sus rasgos faciales.

Aunque provenía del futuro, podría haber salido de la cafetería perfectamente sin llamar la atención si no hubiera sido por aquella engorrosa regla que establecía que no podía moverse de ese asiento. Bueno, en realidad, sí que daba mucho la nota vestida de aquel modo la primera quincena de agosto.

La persona con quien había ido a encontrarse la niña era todo un misterio. En la cafetería, junto a la barra, únicamente había un hombre corpulento, con los ojos finos y estrechos como hilos y vestido de cocinero: Nagare Tokita, el dueño de la cafetería.

Sin embargo, no parecía que la niña hubiera vuelto en el tiempo para encontrarse con él. Le estaba clavando la mirada, pero no parecía que le despertara ningún tipo de sentimiento. Si hubiera regresado a encontrarse con Nagare, tal vez habría hecho alguna cosa, pero estaba ignorándolo por completo.

No obstante, allí no había nadie más. Asimismo, parecía que Nagare tampoco tenía nada mejor que hacer, porque se había quedado allí plantado con los brazos cruzados.

Nagare era un hombre corpulento. Cualquier niña —bueno, no solo ellas, sino cualquier mujer en general— se habría sentido intimidada al encontrarse sola ante él en un local tan pequeño. Pero, a juzgar por su rostro despreocupado, la niña estaba tranquila.

La niña y Nagare no habían intercambiado palabra alguna hasta el momento. De vez en cuando ella miraba el reloj de pared de manera casual, como si estuviera preocupada por el tiempo, pero, más allá de eso, no había hecho nada.

De repente, en el fondo de la cocina se oyó el clac de la tostadora que indicaba que había unas tostadas listas. Después, Nagare se rascó la nariz, abrió más el ojo izquierdo y se metió en la cocina a paso lento, donde empezó a preparar algo armando jaleo.

La niña tampoco prestó la menor atención a eso. Tomó un sorbo de café y asintió con la cabeza. A juzgar por la expresión calmada de su rostro, el café seguía caliente.

Nagare salió de la cocina. En las manos llevaba una bandeja rectangular en la que había unas tostadas con mantequilla, una ensalada y un yogur de frutas. La mantequilla era casera y Nagare se enorgullecía mucho de ello. Era tan exquisita que Yaeko Hirai, la mujer del rulo, iba a la cafetería con su propio táper para llevársela luego a casa.

A Nagare le producía una felicidad inmensa ver que los clientes disfrutaban con la mantequilla y que la elogiaban. El problema era que los ingredientes que utilizaba eran caros, pero, de todos modos, la daba gratis. Nagare tenía la fijación de no querer cobrar por los extras, lo que le causaba bastantes problemas.

Con la bandeja todavía en las manos, Nagare se puso ante la niña. Enfrente del cuerpecito de la niña, la corpulencia de Nagare parecía un muro. Él bajó la mirada para observarla.

—¿Has venido a ver a alguien? —le preguntó yendo al grano.

La niña alzó la vista y se quedó mirando fijamente con sus grandes ojos ese gran muro que tenía enfrente. El hecho de estar ante aquel enorme desconocido no la acongojó. Nagare estaba acostumbrado a impresionar y asustar solo con su presencia, pero se quedó desconcertado de que esta vez no fuera así.

—¿Qué? —volvió a preguntar.

Sin embargo, la niña no le respondió ninguna cosa en particular.

—Nada —se limitó a responder, y a continuación tomó otro sorbo de café.

Estaba claro que no quería la compañía de Nagare, que se había quedado plantado ante ella.

El hombre ladeó un poco la cabeza, desconcertado, a la vez que dejaba la bandeja encima de la mesa con delicadeza y, sin decir nada más, regresó a la barra. Al llegar allí volvió a cruzar los brazos.

En ese instante pareció que la niña se quedaba un poco desconcertada.

—No —dijo dirigiéndose a Nagare.

—Dime.

—No he pedido nada de esto —le dijo la niña a Nagare con cierta preocupación en la voz a la vez que señalaba la tostada que tenía ante ella.

—¡Cortesía de la casa! —respondió Nagare con júbilo a ese discreto rechazo.

La niña clavó la mirada en la comida gratis que tenía delante. Nagare descruzó los brazos y, rápidamente, se apoyó sobre las dos manos en la barra.

—Sería todo un desatino que no ofreciera nada a una niña como tú que ha venido a propósito del futuro, ¿no crees?

Probablemente, Nagare esperaba unas palabras de agradecimiento, pero la niña se lo quedó mirando a la cara sin ni siquiera esbozar una sonrisa.

El propietario de la cafetería se quedó asombrado por su reacción.

—¿Qué pasa? —preguntó bastante confuso.

—Nada. Entonces me lo comeré.

—Qué... Qué buena chica eres.

—Bueno, tampoco tengo ninguna razón para desconfiar.

La niña untó la mantequilla en la tostada con destreza y rapidez, y a continuación le pegó un buen bocado. Y después otro y otro. Daba gusto verla comer.

Nagare esperaba alguna reacción por parte de ella, aunque, cómo no, estaba muy emocionado de que estuviera comiendo su preciada mantequilla.

Sin embargo, la reacción que esperaba Nagare nunca llegó. La niña se fue zampando la tostada bocado a bocado hasta terminársela sin ni siquiera cambiar de expresión, y después se comió la crujiente ensalada y el yogur de frutas.

Al terminar, la niña se limitó a juntar las manos en agradecimiento por la comida, sin articular palabra en ningún momento.

Nagare bajó la cabeza, decepcionado.

¡Tolón, tolón!

Kazu había vuelto.

—Ya estoy aquí —anunció a la vez que entregaba un llavero repleto de llaves a Nagare, que seguía en la barra. Mientras decía eso, se fijó que en el asiento de marras había una niña.

—¡Eh! —respondió Nagare mientras cogía el llavero sin llegar a darle la bienvenida.

Kazu le tiró del codo haciendo que se desplazara por la barra para acercarlo a donde estaba ella.

—¿Quién es? —preguntó Kazu en voz baja.

—A saber —respondió Nagare malhumorado.

Normalmente, Kazu no mostraba ningún interés especial por saber quién ocupaba ese asiento. Resultaba fácil deducir que venían del futuro para encontrarse con alguien y no era algo en lo que ella interfiriera.

Sin embargo, como era la primera vez que tenían una clienta tan mona, se interesó por ella abiertamente.

—¡Hola! —dijo la niña al darse cuenta de que Kazu la estaba mirando.

La sonrisa que no le había dedicado a Nagare en ningún momento apareció entonces en su rostro.

Nagare levantó ligeramente la ceja izquierda.

—¿Has venido a ver a alguien?

—Sí, bueno... —le respondió la niña a Kazu con docilidad.

Al oír esa conversación, Nagare hizo un puchero de indignación, porque hacía un momento le había preguntado lo mismo a la niña, que entonces no le había respondido nada.

—Pero no había nadie, ¿verdad? —murmuró Nagare volviéndose con indignación hacia otro lado, como si la conversación se le estuviera haciendo pesada.

«Entonces ¿a quién habrá venido a ver?», pensó Kazu mientras se daba golpecitos en el mentón con el dedo índice.

—¿Cómo? ¿En serio?

Con el mismo dedo con el que se estaba dando golpecitos en el mentón, Kazu señaló a Nagare. Era algo inequívoco, aparte de Kazu, en la cafetería solo estaba él.

—¿Yo? —dijo Nagare señalándose también a sí mismo. A continuación se cruzó de brazos y, como si tratara de recordar las circunstancias en las que había aparecido la niña, murmuró en voz alta—: Hummm.

La niña había aparecido en el asiento hacía unos diez minutos. Aquel día, Kei tenía una visita en el ginecólogo y le había pedido a Kazu que la acompañara. Normalmente era Nagare quien iba con ella a las revisiones periódicas pero aquel día no había sido así porque él pensaba que las consultas ginecológicas eran cosa solo de chicas y no «lugares para hombres». Por eso se había quedado él solo a cargo de la cafetería.

«¿Habrá escogido un rato en el que solo estaba yo?»

De repente, a Nagare le dio un vuelco el corazón.

«Ahora lo entiendo todo. Debe de haberse comportado de ese modo porque le daba vergüenza.»

Nagare se frotó el mentón a la vez que asentía con la cabeza como comprendiendo la situación, salió de la barra con garbo y se sentó en la silla de delante de la niña.

Esta se le quedó mirando sin inmutarse. Nagare parecía una persona totalmente distinta a la de hacía unos instantes.

«En realidad, si la indiferencia de su mirada se debe a la timidez, me parece hasta mona», pensó feliz, esbozando una sonrisa.

Nagare se reclinó sobre los codos con una expresión de complacencia en el rostro.

—Por casualidad, ¿no habrás venido...? —preguntó Nagare.

—No.

—¿A verme?

—No.

—¿A mí?

—No.

La niña se defendió a la perfección.

—Vaya, eso es un no rotundo —intervino Kazu, que los había estado escuchando, para cerrar la conversación.

Nagare agachó la cabeza, decepcionado.

—No era yo entonces —dijo dolido, y a continuación volvió a la barra arrastrando los pies.

A la niña le debió parecer divertido ver a Nagare alicaído porque soltó una risita burlona por lo bajo.

¡Tolón, tolón!

Justo cuando sonó el cencerro, la niña miró apurada el reloj de pared del medio. Por lo tanto, sabía que, de los tres relojes de la cafetería, solo el del centro marcaba la hora correcta y que los otros dos iban atrasados o adelantados.

La niña clavó la mirada en la entrada.

A los pocos segundos entró Kei.

—Kazu, muchas gracias por haberme acompañado —dijo mientras cruzaba el umbral de la entrada.

Llevaba un vestido azul celeste y unas sandalias de cordones y, a falta de un ventilador de esos pequeños de mano, se abanicaba enérgicamente con un gran sombrero de paja.

Aunque había salido con Kazu, a juzgar por la bolsita de plástico que llevaba, había tardado un poco más en volver porque se había parado en alguna tienda del barrio.

Kei era despreocupada por naturaleza. Desprendía mucha simpatía y no tenía ni un pelo de tímida. Ni siquiera ante los clientes que tenían una actitud agresiva se acobardaba, del mismo modo que tampoco la acoquinaba tratar con clientes extranjeros que no hablaran japonés.

—Hola —saludó con la misma despreocupación de siempre y una sonrisa en la cara cuando vio que había una niña sentada en el asiento de marras.

Sonrió con más efusividad de lo habitual y el tono de voz más alto.

La niña se enderezó y, sin dejar de mirarla, le dedicó una ligera reverencia con la cabeza.

Kei le dedicó otra dulce sonrisa y se dirigió a pasitos rápidos hacia el cuarto del fondo.

—Dime: ¿cómo ha ido? —preguntó Nagare con docilidad en el rostro, interceptándola.

Dado que Kei había ido a su visita ginecológica con Kazu, solo había una cosa que quería saber. Kei se dio un golpecito en el vientre todavía plano, le dedicó la mejor de sus sonrisas e hizo el signo de la paz.

—Bien —dijo Nagare estrechando todavía más sus finos ojos y, a continuación, asintió con brevedad dos veces con la cabeza.

Kei sabía muy bien que a Nagare le costaba expresarse abiertamente por muy feliz que estuviera. Ella lo observó llena de satisfacción.

Sonriente, la niña del asiento de marras siguió con atención ese intercambio comunicativo.

Kei no se dio cuenta en absoluto de que la niña los estaba observando y siguió hasta el cuarto del fondo.

En ese momento, como si ese gesto significase algo para ella, de repente la niña alzó la voz para llamar la atención de Kei.

—¡Perdona!

—¿Sí? —respondió Kei de forma instintiva, deteniéndose para volverse hacia la niña de ojos grandes.

Esta la miró fijamente y después bajó la mirada, acoquinada, como si estuviera nerviosa.

—¿Estás bien? —preguntó Kei.

Entonces la niña alzó la cabeza con cierta decisión. Tenía una expresión dulce y pura en el rostro, por completo distinta a aquel ademán de indiferencia que había mostrado hasta hacía un momento con Nagare.

—Esto...

—Dime.

—¿Te parece bien que me saque una foto contigo?

Kei parpadeó sorprendida por las palabras de la niña.

—¿Conmigo? —le preguntó.

—¡Sí! —respondió la niña sin dudar.

—¿Con ella? —preguntó asimismo Nagare acto seguido, señalando a Kei con el dedo.

—¡Sí! —contestó de nuevo la niña con energía.

—Entonces ¿has venido a ver a la tata?

—Sí —le respondió a Kazu también rápidamente.

Ante esa petición repentina de aquella niña desconocida, a Kei le brillaron los ojos, en los que no albergaba ni la más mínima desconfianza. Por naturaleza, no le intimidaban los desconocidos y jamás desconfiaba de ellos, de modo que no se preocupó en preguntarle quién era ni para qué quería la fotografía.

—¿Eh? ¿En serio? ¿Te parece bien que antes me retoque un poco el maquillaje? —le preguntó, y de inmediato sacó la polvera del bolso y empezó a arreglarse el maquillaje.

—Perdona, es que no tengo mucho tiempo —replicó la niña.

—Ostras.

Kei conocía las reglas de sobra, así que se sonrojó y cerró la polvera de golpe con un clac.

En circunstancias normales, la persona que quiere hacerse una fotografía con alguien se acercaría a aquella a quien se lo ha pedido. Sin embargo, en este caso, la niña no podía moverse de la silla dado que había una regla que se lo impedía. Así que Kei le dio la bolsa de plástico y el sombrero de paja a Kazu y se puso de pie a su lado.

—¿Y la cámara? —preguntó Kazu.

Entonces, la niña le entregó una que había dejado encima de la mesa.

—¿Cómo? No puede ser. ¿Esto es una cámara? —Alzó la voz Kei desconcertada al ver el objeto que le había dado a Kazu.

No era de extrañar que se sorprendiera, puesto que la cámara tenía el tamaño de una tarjeta de visita, era fina y transparente, y parecía una simple tira de plástico.

—¡Qué delgada! —dijo Kei fascinada.

Kazu se la pasó y Kei la observó desde todos los ángulos.

—Perdona, es que no tengo tiempo —la reprendió la niña con serenidad.

Kei se había emocionado como una niña pequeña.

—Es verdad.

Así que se encogió de hombros y se acercó a la niña por segunda vez.

—Venga, ¡sonreíd!

—¡Sí!

Kazu enfocó a las dos con la cámara, que no parecía especialmente difícil de usar, y después pulsó el botón que había en la pantalla.

Clic.

—¿Cómo? Espera un momento. ¿Ya la has sacado?

Kazu había hecho la fotografía justo en el momento en que Kei se había llevado la mano al flequillo para arreglarse el pelo y ya le estaba devolviendo la cámara a la niña.

—¿Eh? ¿Cuándo la has sacado?

Tanto la niña como Kazu estaban moviéndose muy rápido, pero Kei tenía un montón de preguntas y estaba desconcertada.

—¡Muchas gracias! —dijo la niña, y a continuación se tomó el café que le quedaba de un trago.

—Un... ¡Un momento! —quiso detenerla Kei, pero a los pocos segundos la niña ya se había convertido en vapor.

El humo ascendió hasta el techo y, por debajo de este, apareció la mujer del vestido. Visto desde fuera, aquello había sido como una técnica de desaparición ninja.

Como los tres allí presentes estaban acostumbrados a ese fenómeno, no se sorprendieron, pero cuando un cliente que no tenía ni idea de nada lo presenciaba, se quedaba pasmado, cómo no. Por ello, si sucedía esto con alguien presente que ignoraba qué estaba pasando, le engañaban diciéndole que se trataba de un truco de magia. Aunque, por supuesto, cuando les preguntaban cuál era el truco, no podían darles una respuesta.

La mujer del vestido, que había aparecido por debajo del vapor, leía la novela como si no hubiese pasado nada pero, al darse cuenta de que había una bandeja encima de la mesa, la apartó rápidamente como pidiendo que la recogieran.

Kei la retiró, Nagare fue a recogerla y luego se metió en la cocina con la cabeza inclinada hacia un lado, confuso.

—¿Quién sería? —murmuró Kei, y a continuación cogió la bolsa de plástico y el sombrero de paja que antes había dejado en manos de Kazu y entró en el cuarto del fondo.

Kazu se quedó observando el asiento de marras que ocupaba la mujer del vestido, ahora con cara de estar un poco contrariada. Hasta ese momento, nadie había viajado del futuro para encontrarse con Kei, con Nagare o con ella. No tenía sentido que alguien volviera al pasado expresamente para encontrarse con ellos cuando, al ser los camareros del lugar, siempre estaban allí. No obstante, aquella niña había viajado en el tiempo solo para ver a Kei.

Kazu jamás preguntaba a los visitantes del pasado por qué habían viajado hasta allí. Nunca se entrometía en sus razones ni siquiera aunque se tratase de un asesino. Por alguna razón existía la regla de que, por mucho que te esforzaras, el presente no cambiaría.

Una regla que siempre se cumplía gracias a una cadena de sucesos.

Pongamos por caso que entraba en la cafetería un hombre del futuro con un revólver y disparaba a un cliente dejándolo al filo de la muerte, ya fuera a propósito o por accidente. Aunque tuviera una suerte nefasta y, por ejemplo, la bala le diera en el corazón, si la persona que recibía el disparo estaba viva en el futuro, pasara lo que pasase no moriría.

Así lo establecían las reglas.

En un caso así, Kazu y los demás seguramente llamarían a los bomberos y a una ambulancia, la cual se encaminaría hacia la escena del crimen sin quedarse atrapada en ningún atasco. Y el traslado de la ambulancia desde el centro de emergencias hasta el lugar del crimen y luego hasta el hospital se haría con las mayores brevedad y rapidez posibles.

No obstante, al ver al paciente recién llegado, el personal del hospital seguro que los desanimaría diciendo que no había muchas esperanzas. Sin embargo, ese día, por casualidad, uno de los mejores cirujanos del mundo estaría en el hospital y él mismo se ofrecería a operar al paciente. El hombre gravemente herido de un disparo tendría un tipo de sangre del que habría uno entre unos cuantos miles pero, aun así, en el banco de sangre del hospital la tendrían por casualidad. Asimismo, el personal que ayudaría en la operación también sería el mejor posible y la operación sería todo un éxito. El cirujano diría que si hubieran llegado un minuto más tarde al hospital o si la bala hubiera entrado un milímetro más, no habría habido nada que hacer.

Y al final seguramente todo el personal del hospital diría que aquello había sido un milagro, aunque no lo fuera, pues había sido esa regla. Gracias a ella, el hombre que habría recibido el impacto de la bala se salvaría.

Por esa razón, porque existía esa regla, a Kazu no le importaba cuáles eran los motivos que incitaban a las personas a viajar desde el futuro. Le daba completamente igual. Total, hicieran lo que hiciesen los visitantes del futuro, nada cambiaría.

—¿Podrías echarme una mano? —se oyó que decía Nagare desde la cocina.

Kazu volvió la cabeza y lo vio salir con una bandeja en la que había servido café para la mujer del vestido, así que cogió la bandeja y se acercó a ella.

«¿Qué habrá venido a hacer aquí esa niña? Si lo que quería era hacerse una foto con la tata, tampoco era necesario que viniera expresamente para eso...», pensó Kazu quedándose abstraída durante unos instantes con la mirada fija en la mujer del vestido.

¡Tolón, tolón!

—¡Adelante! —dijo Nagare.

Kazu volvió a la realidad y sirvió el café a la mujer del vestido.

«Tengo la sensación de que algo se me está escapando.»

Para quitarse de encima esa sensación, Kazu meneó un poco la cabeza.

—Buenos días.

Acababa de entrar la señora Kōtake. Había ido directamente del trabajo porque llevaba una camisa de enfermera de color verde claro, una falda blanca, unas sencillas zapatillas deportivas de color negro y una bolsa de tela colgada del hombro.

—¡Señora Kōtake! —dijo Nagare.

Al darse cuenta de que la había llamado por ese nombre, la señora Kōtake dio media vuelta de inmediato.

—¡Ah! —reaccionó con rapidez Nagare—. ¡Señora Fusagi!

Con una sonrisa de satisfacción, la señora Kōtake se acomodó en uno de los asientos de la barra.

Hacía tres días que la señora Kōtake había viajado al pasado y había recibido la carta que el señor Fusagi no había podido darle en su momento. A partir de ese día les había prohibido que la volvieran a llamar por su nombre de soltera. Prefería que a partir de entonces se dirigieran a ella como «señora Fusagi».

La señora Kōtake colgó la bolsa de tela en la silla de al lado.

—Un café —pidió ladeando ligeramente la cabeza, como si todo aquello la hubiera afectado un poco.

—Marchando —respondió Nagare dedicándole una reverencia con

la cabeza, y a continuación se dio la vuelta para empezar a preparar el café.

La señora Kōtake recorrió el interior de la cafetería vacía con la mirada, se encogió de hombros y suspiró. Seguramente pensó que, si su marido se hubiera encontrado allí, regresarían juntos a casa y que era una pena que no estuviera.

Kazu observó con cariño la conversación y, cuando hubo terminado de servir el café a la mujer del vestido, dijo:

—Voy a tomarme un descanso.

Y a continuación se metió en el cuarto del fondo sin que Nagare le contestara nada.

—¡Hasta ahora! —dijo la señora Kōtake dedicándole un saludo con la mano.

Era principios de agosto y el verano estaba en su apogeo. Sin embargo, la señora Kōtake pedía el café caliente incluso entonces, pues le gustaba su fragancia cuando estaba recién hecho. El café helado carece de ese aroma y, por ello, lo disfrutaba más caliente. A ella, el café siempre se lo servía Nagare.

Este solía prepararlo en una cafetera de sifón. Para hacer café de sifón, se vierte agua caliente en un matraz que se calienta con un quemador de alcohol, de ahí el agua sube por un embudo al hervir y, de este, se extrae el café hecho a partir de los granos molidos. Sin embargo, a los clientes habituales que querían disfrutar del sabor y del aroma del café como la señora Kōtake les solía servir café filtrado a mano. Para prepararlo así, se pone un filtro de papel a un gotero, se añaden los granos molidos y se vierte agua caliente por encima. Nagare creía que con este método se podía equilibrar mejor la amargura y la astringencia del café según se vertiera el agua y la temperatura de esta. Como no había música de fondo, en el silencio de la cafetería se podía oír el ploc, ploc del goteo del líquido en la cafetera de cristal. La señora Kōtake esbozó una sonrisa de satisfacción mientras escuchaba el nítido resonar del café goteando. Ese ratito también lo disfrutaba mucho.

Por su parte, Kei solía preparar el café con una cafetera de máquina con la que, pulsando un único botón, ajustaba desde el molido de los granos hasta el sabor de este. Así pues, no usaba ninguno de los métodos especiales de Nagare. Por ello, muchos clientes habituales que iban a la cafetería a tomar los cafés de Nagare, no lo pedían cuando él no estaba allí. Y es que daba igual si lo servía Nagare o Kei, el coste del café era el mismo, aunque eso tampoco era nada extraño.

Kazu solía prepararlo con la cafetera de sifón, aunque ella no lo hacía por ninguna razón en concreto. Sencillamente le gustaba observar cómo el agua caliente del matraz subía por el embudo. Si le preguntabas su opinión sobre el café de filtro, respondía que hacerlo es un engorro.

Nagare sacó su café especial recién hecho.

Ya con la taza delante de ella, la señora Kōtake cerró los ojos y respiró hondo. Unos instantes de felicidad. El café que solía servirse allí era moka porque Nagare quería que fuera así y su peculiaridad residía en la intensidad de su aroma. Por un lado, había clientes como la señora Kōtake que disfrutaban de su olor a más no poder, pero, por otro, había quienes lo encontraban muy amargo. Se podría decir que era el café el que escogía a los clientes según si a estos les gustaba o no.

Igual que con la mantequilla, a Nagare le hacía feliz ver que los clientes disfrutaban del aroma de su café. Cuando eso sucedía, sus ojos, ya finos de por sí, se estrechaban todavía más.

—Ahora que lo pienso —dijo la señora Kōtake mientras disfrutaba del aroma, como si hubiera recordado algo en ese momento—: Ayer y hoy el local de Hirai ha estado cerrado, ¿verdad? ¿Sabes algo de ella?

Hirai, la mujer del rulo, tenía un bar a diez metros de distancia de la cafetería.

Era un local pequeño con solo seis sitios en la barra, pero el negocio le iba bien. El horario en que estaba abierto dependía del estado de ánimo de Hirai, pero no cerraba en todo el año. Desde que lo había inaugurado, no había habido ni un solo día en el que no hubiera abierto. Al caer la noche, los clientes regulares formaban una cola delante del local y había días que en su interior llegaba a haber hasta diez personas. Como solo tenía seis sitios en la barra, los que no estaban sentados bebían de pie. Sus clientes habituales no eran únicamente hombres, Hirai también era popular entre las mujeres. Hablaba sin tapujos y a veces ponía el dedo en la llaga, pero, como lo hacía sin malicia, la gente tampoco se tomaba mal sus comentarios. Ella era así por naturaleza. Dijera lo que dijese, se lo perdonaban todo gracias a su personalidad. Con su aspecto pasaba lo mismo, llevaba ropa llamativa, pero le importaba un pimiento lo que pensara la gente. Sin embargo, para ella las formas sí que eran importantes. Si pensaba que algo era correcto, escuchaba con atención cualquier opinión al respecto, mientras que si creía que algo no estaba bien, incluso si quien hablaba era alguien de un estatus social alto, no se molestaba ni siquiera en mover una ceja para indicar que le estaba prestando atención. Entre sus clientes había gente muy rica, pero ella nunca aceptaba ningún dinero que no fuera el correspondiente al precio de las bebidas. También había quienes le ofrecían regalos caros para conquistarla, pero ella jamás los aceptaba. Entre otras cosas, le habían ofrecido comprarle casas, pisos, un Mercedes, un Ferrari y piedras preciosas, pero Hirai lo había rechazado todo rotundamente diciendo que no estaba interesada en todo eso.

De vez en cuando la señora Kōtake también se dejaba ver por el bar de Hirai. Era su bar preferido para tomar algo y reírse un rato.

Ahora, el bar que regentaba Hirai y al que una serie de clientes acudía regularmente todos los días a pasar un buen rato llevaba dos días cerrado. Nadie sabía por qué y la señora Kōtake no pudo evitar preocuparse.

En cuanto sacó a colación el tema, Nagare adoptó una expresión compungida.

—¿Eh? ¿Qué ha pasado? —preguntó la señora Kōtake un poco sorprendida.

—Su hermana... Tuvo un accidente de tráfico.

—¿Cómo?

—Ella ha vuelto a su pueblo por eso.

—Vaya.

La señora Kōtake bajó la mirada y observó la superficie del café, cuya oscuridad era de un profundo negro azabache.

También conocía a Kumi, la hermana de Hirai. Esta se había largado de casa de sus padres y Kumi solía visitarla para convencerla de que volviera. Aunque en el último par de años a Hirai le daba pereza encontrarse con su hermana, ella iba sin falta a Tokio una vez al mes para verla.

Hacía solo tres días que Kumi había estado en la cafetería y ese mismo día, de regreso a casa, tuvo el accidente. Un camión que iba por el carril contrario y cuyo conductor se había quedado dormido chocó de cara contra el coche de Kumi. La habían trasladado en ambulancia al hospital, pero había fallecido antes de llegar.

—Qué duro.

La señora Kōtake no había tomado ni un sorbo de la taza. El hilillo de humo ascendiente del café había desaparecido. Nagare se había quedado en silencio con los brazos cruzados y la cabeza gacha.

Él había recibido un mensaje de Hirai. Esta se lo había mandado a Nagare porque Kei no tenía teléfono móvil. En el mensaje le contaba los detalles del accidente y que el bar permanecería cerrado durante unos días por ello, pero lo relataba como si todo aquello no fuera con ella. Como Kei estaba preocupada por Hirai, esta le había escrito un mensaje desde el móvil de Nagare, pero todavía no había obtenido respuesta.

La familia de Hirai tenía un *ryokan* de primera categoría llamado Takakura en el barrio de Aoba de la ciudad de Sendai, en la prefectura de Miyagi. Lo habían fundado hacía ciento ochenta años y el nombre de Takakura estaba compuesto por dos *kanji* que significaban «tesoro».

Sendai es famoso por el espectacular festival de Tanabata que se celebra allí todos los años y que tiene como rasgo más característico las *sasakazari*, unas enormes cañas de bambú decorativas de unos diez metros de alto que se decoran con cinco bolas de papel de las que cuelgan unas cintas decorativas del mismo material. Asimismo, en las cañas se cuelgan los *nanatsukazari,* siete pequeños motivos decorativos como los *tanzaku,* las tiras de papel en las que se escriben deseos, los *kamiko,* las pequeñas decoraciones de papel en forma de quimono, y los *orizuru,* las grullas de origami, indispensables para alcanzar la prosperidad en los negocios o una buena salud.

Los días en que tiene lugar el festival de Tanabata de Sendai no guardan ninguna relación con la fecha de celebración habitual de dicho festival, dado que allí es entre el 6 y el 8 de agosto. Faltaba poco para que empezaran a preparar las decoraciones de las calles comerciales alrededor de la estación de la ciudad. Todos los años, durante esos tres días, se arracimaban allí unos dos millones de personas que venían de fuera. Es el evento más grande del verano y huelga decir que el festival era una época de mucho trabajo para el *ryokan* Takakura, que se encontraba a una distancia de diez minutos en taxi desde la estación.

¡Tolón, tolón!

—¡Adelante! —exclamó Nagare con una efusividad impropia de él.

La visita llegaba en el momento perfecto para romper con la tristeza que flotaba en el ambiente. Al oír el sonido del cencerro, la señora Kōtake también cambió de humor y, por fin, cogió el café. Ya no humeaba.

—¡Adelante! —dijo Kei, que había salido del cuarto del fondo con el delantal puesto al oír el cencerro.

Sin embargo, no apareció nadie.

La entrada de la cafetería era un poco distinta a lo que es habitual en sitios como este.

Desde la calle había que bajar unas escaleras y pasar por una gran puerta de dos metros de altura hecha con una esplendorosa corteza de árbol y que tenía unas decoraciones talladas de estilo europeo que creaban unas sombras en la superficie y la dotaban de un aire lujoso.

Desde esa puerta hasta el interior del local se pasaba por una especie de pequeño parterre. Por ello, con solo oír sonar el cencerro, no se sabía quién era la persona que acababa de llegar.

Como nadie cruzaba el umbral de la entrada, Nagare ladeó la cabeza confundido y de repente oyó una voz que le era familiar:

—¡Jefe! ¡Kei! ¡Quien sea! ¡Sal! ¡Traedme sal!

—¿Hirai?

Kei miró a Nagare y parpadeó con sus grandes ojos, sorprendida de que el velatorio y el funeral ya hubieran terminado y de que Hirai de verdad hubiera vuelto tan rápido. Él se quedó estupefacto durante unos segundos, perplejo de haber oído su misma voz gritona de siempre justo después de haber hablado con la señora Kōtake de su dramática historia.

Seguramente Hirai quería la sal para purificarse pero, por el tono de su voz, parecía una madre que grita desde la cocina mientras prepara la cena para una fiesta.*

—¡Rápido!

Además, ¿por qué gritaba con ese tono de estar pasándoselo bien?

---

* Referido al ritual tradicional que se realiza con sal después de haber ido a un funeral y antes de entrar en casa para evitar que la mala suerte entre en ella y purificarse. *(N. de la T.)*

—¡Voy, sí, sí!

Nagare reaccionó por fin, cogió una botellita en la que puso sal de mesa que tenía en la cocina y se dirigió con pasos rápidos hacia la entrada.

Todo apuntaba a que Hirai se encontraría al otro lado de aquella entrada sin puerta vestida con su ropa llamativa de siempre.

«¿Quizá la historia del fallecimiento de su hermana era mentira?», se preguntó la señora Kōtake de manera impertinente. Kei seguramente también estaba pensando lo mismo, porque ambas se miraban estupefactas.

—¡Jooo! ¡Estoy cansada! —dijo Hirai mientras cruzaba el umbral de la entrada andando con pesadez y flojera.

De hecho, tenía el mismo andar de siempre, pero en lugar de llevar ropa de color rojo o rosa, iba vestida de luto. No llevaba ningún rulo ni el cabello desarreglado, sino que lucía un peinado perfecto. Parecía otra persona.

Hirai se sentó en la mesa de en medio vestida con la ropa de luto y a continuación levantó la mano derecha.

—Disculpa, ¿me servirías un buen vaso de agua? —le dijo a Kei.

—Sí, ¡por supuesto!

Aunque no había ninguna necesidad de correr, Kei salió disparada hacia la cocina a por el agua.

—Uf.

Hirai estaba sentada en la silla con las manos y las piernas abiertas casi en forma del *kanji* de «dai».* Llevaba un bolsito negro que le colgaba bamboleante de la muñeca derecha.

* Kanji de «dai» es 大 y significa «grande». *(N. de la T.)*

Tanto Nagare como Kōtake se quedaron mirando a Hirai consternados, él de pie con la botellita de sal en la mano y ella sentada en la barra.

Kei volvió con un vaso lleno de agua.

—Gracias.

Hirai dejó el bolso encima de la mesa, cogió el vaso de inmediato y se lo bebió de un trago. Kei se quedó anonadada observando cómo se tomaba el agua mientras alzaba el mentón haciendo el mismo gesto por mimetismo. Hirai resopló.

—Más agua —le dijo a Kei señalando el vaso vacío.

Kei lo cogió y entró en la cocina rápidamente.

Hirai se secó el sudor del dorso de las manos con torpeza y volvió a resoplar.

Nagare la miró y le dirigió la palabra:

—Hirai.

—Dime.

—Esto...

—¿Sí?

—Bueno, no sé por dónde empezar... Esto...

—¿Sí?

—Lo siento mucho.

Como Hirai se estaba comportando con bastante indiferencia, a Nagare le había costado de buenas a primeras pronunciar las palabras de condolencia. La señora Kōtake, también indecisa, se limitó a mostrar su pesar dedicándole una reverencia con la cabeza.

—¿Por lo de mi hermana?

—Eso es.

—Bueno, digamos que todavía no era su hora y que es una pena —respondió Hirai encogiéndose de hombros.

Kei le llevó el segundo vaso de agua. También perpleja ante el comportamiento de Hirai, alargó el brazo para dárselo e, igual que la señora Kōtake, le hizo una reverencia con la cabeza para ofrecerle sus condolencias.

—Gracias por el agua.

Hirai se bebió el segundo vaso también de un trago.

—Parece ser que en el accidente recibió un golpe en un mal sitio. Tuvo mala suerte —se limitó a decir.

Lo dijo como si aquello no fuera con ella. La señora Kōtake arrugaba la frente cada vez más.

—¿Ha sido hoy? —preguntó.

—¿El qué?

—¿Pues qué va a ser? El funeral —respondió la señora Kōtake mostrando su enfado ante la actitud de Hirai.

—Eso es. ¡Mirad! —dijo, y a continuación se puso de pie y giró sobre sí misma para que vieran el atuendo que había llevado a la ceremonia—. ¿No os parece que me queda sorprendentemente bien? Vestida así parece que haya sentado la cabeza, ¿no?

Posaba como si fuera una modelo de las que salen en las revistas, con semblante orgulloso.

La muerte de su hermana era un hecho irrefutable. Así que comportarse con tanta desfachatez ante tales circunstancias era de muy mala educación.

—¡No tenías por qué haber vuelto tan pronto! —dijo la señora

Kōtake alzando el tono de voz y mostrando abiertamente su mal humor.

A juzgar por la cara de disgusto que ponía, se estaba mordiendo la lengua. Parecía que lo que quería decirle en realidad era que con ese comportamiento no estaba dejando descansar en paz a su hermana.

Hirai paró de fingir que posaba y se dejó caer en la silla haciendo aspavientos con las manos.

—Yo no lo veo tan claro. No puedo dejar colgados a mis clientes —respondió.

No obstante, parecía que había entendido lo que la señora Kōtake le había querido decir en realidad.

—Pero...

—Vale, vale.

Hirai sacó un cigarrillo de dentro del bolsito.

—¿Estarán bien? —preguntó Nagare a la vez que se distraía jugando con la botellita de sal que tenía en las manos.

—¿Cómo? —respondió Hirai con el cigarrillo en la boca mientras miraba dentro de su bolso.

No había manera de que se abriera. Parecía que no encontraba el mechero porque lo buscaba con el ceño fruncido.

Nagare se sacó un mechero del bolsillo e hizo ademán de dárselo.

—Tus padres. Al haber fallecido tu hermana, se habrán quedado de lo más tristes. ¿No estarían mejor si te quedaras con ellos un tiempo?

Hirai cogió el mechero de Nagare y se encendió el cigarrillo.

—Hummm. Bueno, eso sería lo normal pero... —dijo, y a continuación expulsó el humo y le dio un par de golpecitos al cigarrillo para que la ceniza cayera en el cenicero. —El humo del tabaco subía lentamente hasta que desaparecía—. Es que no encajo —murmuró Hirai con semblante inexpresivo mientras reseguía la estela con la mirada.

Ni Nagare ni la señora Kōtake debieron de entender qué quería decir con eso porque ambos se quedaron desconcertados.

Hirai se dio cuenta de que no la comprendían.

—No encajo allí —repitió, y a continuación dio otra calada al cigarrillo.

—¿Cómo que no encajas? —preguntó Kei con preocupación.

Hirai respondió con futilidad, como si se tratara de una charla trivial:

—Mira, mi hermana vino a verme y sufrió un accidente de regreso a casa, ¿verdad? De modo que para mis padres es como si yo fuera la culpable de todo lo que ha pasado.

—¡No digas...!

—Pero es así —murmuró Hirai con desidia mientras expulsaba el humo y sin dejar que Kei acabara la frase—. Vino mil veces a verme y yo siempre pasaba de ella.

El rostro de Kei traslucía arrepentimiento, puesto que tres días atrás había ayudado a esconderse de su hermana a Hirai. Pero esta siguió hablando sin darse cuenta de ello.

—Mis padres no me han dirigido la palabra. —Hirai borró la sonrisa de la cara—. Ni siquiera una.

Hirai se había enterado de la noticia del fallecimiento de su hermana a través de una camarera que llevaba mucho tiempo trabajando con su familia. Hacía varios años que no respondía a ninguna llamada procedente de casa de sus padres ni del *ryokan*, y mucho menos de ningún empleado de este.

Sin embargo, podría decirse que aquel día había tenido una corazonada. En el instante en el que sonó el teléfono a primera hora de la mañana y vio que era el móvil de aquella camarera tuvo un presentimiento y lo cogió.

Cuando la camarera le explicó los hechos con voz llorosa, Hirai solo respondió un «Ya veo» y colgó. Acto seguido, cogió el monedero y se fue a Sendai en taxi. El taxista que la llevó le dijo que había trabajado de cómico y se pasó todo el trayecto contándole chistes sin que ella se lo hubiera pedido. Sin embargo, contra todo pronóstico, los ratos en que lo escuchaba le parecía gracioso y acababa retorciéndose de risa en el estrecho espacio del interior del coche. Tanta gracia le hacían los chistes que se atragantó y lloró de la risa en varias ocasiones hasta que el taxi llegó ante el *ryokan* Takakura, donde Hirai había nacido y crecido. Habían tardado cinco horas desde que habían salido de Tokio a primera hora de la mañana. El precio de la carrera subió a más de ciento cincuenta mil yenes pero, al irle a pagar en efectivo, el conductor excómico le redondeó el precio hacia abajo y se bajó toda contenta.

Hirai se dio cuenta de que era la primera vez que se subía a un taxi en zapatillas de estar por casa. También se había dejado el rulo puesto.

Iba en camisa de dormir y al salir notó que el sol de mediodía caía inmisericorde. El cuerpo se le empapó de gotitas de sudor, pero no llevaba ningún pañuelo. Hirai empezó a recorrer el camino de gravilla que iba desde el *ryokan* hasta la casa familiar.

La casa familiar de Hirai se encontraba justo detrás del *ryokan* Takakura. Desde su inauguración, no se había hecho ninguna reforma estructural y, por tanto, el estilo era puramente japonés. Hirai pasó por la gran y elegante portalada de la casa y luego vio la entrada principal. Habían pasado unos trece años desde la última vez que había estado allí, pero nada había cambiado. Hirai pensó que era como si el tiempo se hubiera detenido. Llevó la mano a la puerta corredera: estaba abierta. Esta traqueteó al abrirla y a continuación Hirai pisó el suelo. Dentro de la casa hacía tanto frío que sufrió un shock térmico. Desde la entrada, se llegaba a un pasillo que estaba muy oscuro a pesar de ser de día. Es típico de las casas japonesas tener un interior con poca luz, pero a Hirai le pareció que aquella oscuridad se extendía hasta el infinito.

En el pasillo reinaba un silencio absoluto y lo único que se oía era el ñic, ñic del crujir del suelo. En la casa de la familia de Hirai, la habitación del altar se encontraba al final de ese pasillo. Asomó la cabeza a su interior y en la veranda, que estaba abierta, vio a su padre, Yasuo, que observaba el frondoso jardín sentado hecho una bolita con la espalda encorvada.

Kumi yacía en paz ante ella. Llevaba un *yukata** blanco y, encima, un *tsukesage*** de color melocotón rosa pálido que habían llevado durante generaciones las dueñas del Takakura. Yasuo debía de haber estado jun-

* Vestido tradicional japonés hecho de algodón que tanto hombres como mujeres suelen llevar en los festivales de verano. *(N. de la T.)*
** Quimono de seda cuyos estampados se caracterizan por localizarse en la parte posterior de la manga derecha y la parte delantera de la manga izquierda en dirección al hombro. *(N. de la T.)*

to a ella hacía justo unos instantes porque sostenía el pañuelo blanco con el que normalmente se cubre el rostro del fallecido. Su madre, Michiko, no estaba.

Hirai se sentó y observó el rostro de Kumi. Parecía en paz, tanto que hasta le pareció que podía oírla respirar.

«Menos mal», se dijo para sus adentros al ver el dulce rostro de Kumi. Parece ser que, según cómo haya sido el accidente y si los cuerpos tienen heridas graves en el rostro, los ponen en el féretro con la cabeza envuelta con una venda como si fueran momias. Hirai pensó aquello desde el fondo de su corazón al ver el dulce rostro de Kumi, pues le habían dicho que la colisión con el camión había sido frontal.

Su padre, Yasuo, seguía mirando el jardín.

—Papá —dijo Hirai con voz compungida detrás de él.

Aquella iba a ser la primera conversación que tendrían desde que se había ido de casa hacía trece años.

Sin embargo, Yasuo no volvió la espalda ni le respondió nada. Lo único que Hirai oyó fue que se sorbía un poco los mocos.

Ella observó el rostro de Kumi durante unos instantes, después se levantó con un movimiento pausado y salió de la habitación en silencio.

La ciudad estaba muy animada por los preparativos del festival de Tanabata. Hirai paseó por las calles con el rulo, la camisa de dormir y las zapatillas de estar por casa hasta que oscureció. En su ruta pasó por el centro de la ciudad, luego se compró un vestido de luto y por la noche se hospedó en un hotel.

El día del funeral, vio cómo su padre lloraba desconsolado mientras que su madre, Michiko, hacía de tripas corazón. Hirai no se sentó en los asientos destinados a la familia, sino entre el resto de los dolientes. Ella y su madre cruzaron la mirada una vez, pero no intercambiaron ninguna palabra. La ceremonia acabó en una hora pero Hirai quemó un incienso y después se fue sin despedirse de nadie.

La larga ceniza acumulada en el cigarrillo cayó sin hacer ruido. Hirai la observó.

—Bien, pues eso —dijo, y a continuación chafó el cigarrillo para apagarlo.

Nagare estaba con la cabeza gacha, la señora Kōtake se había quedado quieta con la taza en la mano y Kei miraba a Hirai con cara de preocupación.

Esta última observó el rostro de los tres con detenimiento.

—Mirad, se me da fatal estar deprimida —soltó afectada entre suspiros.

—Hirai... —empezó a decir Kei, pero esta la interrumpió alzando la mano.

—Así que borrad la pena de vuestros rostros y dejad de preguntarme cómo estoy, ¿de acuerdo? —les rogó.

Kei seguía poniendo cara de querer decir algo, pero Hirai continuó hablando porque se había percatado de ello.

—La verdad es que estoy muy triste. Pero será mejor que me quite la congoja de encima, ¿no os parece? —les explicó con el tono de voz de alguien que quiere calmar a un niño a punto de romper a llorar.

Hirai era la frialdad personificada. Si Kei se encontrara en su misma situación, seguramente se habría pasado tres días enteros llorando. En el caso de la señora Kōtake, respetaría el luto como es debido durante un tiempo, lamentaría la pérdida y se comportaría con discreción. Sin embargo, Hirai no era ni una ni la otra.

—Sobrellevo la tristeza a mi manera —dijo, y a continuación se puso en pie y cogió el bolsito de un tirón—. En fin.

Hirai se puso en marcha y pasó junto a Nagare como escabulléndose.

—Entonces ¿para qué has venido? —murmuró Nagare como si hablara para sí mismo.

Cuando ya estaba al lado de la salida, Hirai se detuvo como a cámara lenta.

—¿Por qué has venido aquí en lugar de irte directa a casa? —le preguntó Nagare con indiferencia a sus espaldas.

Esta permaneció en silencio unos instantes.

—Me has pillado —murmuró con un suspiro, y después se volvió para dirigirse a la silla en la que había estado sentada hacía unos instantes.

Nagare no la miró, sino que se quedó observando fijamente la botellita de sal que tenía en la mano.

Hirai llegó a la silla y se sentó.

—Hirai —dijo Kei mientras se acercaba a ella con una carta en la mano—. Toma. —Y se la ofreció con timidez.

—¿No la tiraste?

Hirai había reconocido la carta. No cabía duda, era la misma que

Kumi había escrito y dejado en la cafetería para ella. Hirai le había pedido a Kei que la tirara a la basura sin ni siquiera saber cuál era su contenido. Así que cogió la carta que tenía delante con las manos temblorosas. Era la última carta de Kumi.

—En ningún momento pensé que te la daría en estas circunstancias —dijo Kei y, a continuación, bajó la cabeza como disculpándose.

—Ya me lo imagino. Gracias —respondió Hirai, y seguidamente sacó una hoja doblada en dos del interior del sobre, que estaba sin pegar.

La carta decía lo que se esperaba. Contenía las mismas palabras depresivas de siempre que estaba tan harta de oír. Hirai derramó una lágrima.

—Todo esto ha pasado porque no quise verla, ¿verdad? —dijo—. La pobre nunca se dio por vencida, y vino una y otra vez a buscarme —prosiguió sorbiéndose los mocos.

La primera vez que Kumi había ido a ver a Hirai a Tokio, esta tenía veinticuatro años y su hermana, dieciocho. Sin embargo, por aquel entonces Hirai todavía consideraba que ella, que de vez en cuando la llamaba a escondidas de sus padres, era una monada.

Kumi era honesta y dócil. Cuando estudiaba secundaria, ya ayudaba en el *ryokan* los días festivos. Al irse, Hirai desbarató los planes de sus padres y, antes de que Kumi cumpliera los veinte, ya se había convertido en la cabeza visible y futura propietaria del *ryokan* Takakura.

Fue durante esa época cuando Kumi empezó a intentar convencer a Hirai de que volviera a casa.

Como tenía mucho trabajo en el *ryokan*, solo podía permitirse un día libre al mes pero, entonces, iba a Tokio sin falta a visitar a su hermana.

Al principio, como pensaba que era una monada, Hirai siempre escuchaba lo que le quería decir, pero llegó un momento en el que todo aquello se le hizo pesado y en que el tema empezó a irritarla. Como ella evitaba ver a Kumi, durante el último par de años no habían tenido ningún encuentro ni conversación decentes.

El último día en que había ido a verla, Hirai se había escondido en la cafetería para evitar encontrarse con ella cara a cara y había pedido que tiraran la carta sin ni siquiera leerla.

Hirai cerró el sobre de la carta que le había dado Kei.

—Ya sé que haga lo que haga el presente no cambiará. Lo sé. Pero déjame volver a ese día. ¡Por favor!

Hirai hizo una profundísima reverencia con una solemnidad en el rostro inédita en ella.

Nagare estrechó todavía más sus finos ojos y observó el gesto de Hirai con detenimiento.

Hirai se refería a tres días atrás: el mismo en el que había estado en la cafetería justo antes de sufrir el accidente. Por supuesto, Nagare ya había entendido lo que deseaba: Hirai quería ir a ver a su hermana fallecida.

Tanto Kei como la señora Kōtake se quedaron esperando la respuesta de Nagare, olvidándose hasta de respirar. La cafetería se quedó sumida en un abrumador silencio absoluto. La mujer del vestido era la única que estaba tan tranquila leyendo su novela.

Pum.

Nagare dejó la botellita con sal encima de la barra con tal fuerza que resonó en todo el local.

A continuación, se dirigió hacia el cuarto del fondo sin decir nada y entró en él.

Hirai alzó la cabeza y respiró larga y profundamente. Entonces se oyó la lejana voz de Nagare que llamaba a Kazu desde dentro del cuarto del fondo.

—Pero es que...

—Ya lo sé.

La señora Kōtake había empezado a decirle algo a Hirai, pero esta la interrumpió porque no quería oírla y anduvo hasta situarse ante la mujer del vestido.

—Perdona, tal como acabo de comentar, me gustaría sentarme aquí.

—Hi... ¡Hirai! —exclamó Kei asustada.

—¿Y bien? ¿Me harías el favor? —dijo Hirai haciendo caso omiso de Kei y juntando las manos en oración como pidiéndoselo a Buda y a todos los dioses.

Hirai se sintió un poco ridícula, pero lo hizo porque el corazón realmente se lo pedía.

Sin embargo, la mujer del vestido no se movió ni un ápice e Hirai se ofendió.

—¡Perdona! ¿Me has oído? ¿Podrías no ignorarme y dejar que me siente? —dijo a la vez que agarraba a la mujer del vestido por los hombros.

—¡No! ¡No! ¡No hagas eso!

—¡Te lo pido por favor!

De nuevo, Hirai hizo oídos sordos a las palabras de Kei, que le había dicho que se detuviera, y tiró a la mujer del vestido de los codos con fuerza para que se levantara del asiento.

—¡Hirai! —gritó Kei.

En ese instante, la mujer del vestido abrió los ojos como platos y agarró a Hirai. De repente, esta notó que el cuerpo le pesaba una barbaridad, como si la gravedad de la Tierra hubiera aumentado mucho de golpe. La iluminación de la cafetería empezó a titilar como la llama de una vela al soplar el viento y, de la nada, empezó a oírse por toda la sala el eco de una espeluznante voz que parecía la de un espíritu. Incapaz de mover ni siquiera un dedo, Hirai cayó de rodillas con estrépito.

—¿Qué está pasando? ¿Qué es esto?

—Te estaba advirtiendo de ello —dijo Kei con un suspiro y cara de perplejidad.

Hirai conocía las reglas, pero ignoraba por completo el asunto de los maleficios porque, por lo general, los clientes que solicitaban volver al pasado salían corriendo tras oír todas las engorrosas reglas que había.

—¡Es un demonio! ¡Un diablo! —gritó Hirai.

—No, es un fantasma —espetó Kei con serenidad.

Postrada en el suelo, Hirai maldecía a la mujer del vestido con todas sus fuerzas, pero los insultos no le estaban sirviendo de nada.

—Vaya —fue lo primero que dijo Kazu al salir del cuarto del fondo.

Solo con ver la situación, entendió perfectamente lo que había pasado. De inmediato, Kazu trajo una cafetera de cristal llena de la cocina y se puso al lado de la mujer del vestido.

—¿Quiere un poco más de café? —preguntó.

—Por favor —le respondió la mujer del vestido a Kazu, y acto seguido se deshizo el maleficio.

De hecho, ni Kei ni Nagare podían hacerlo; tan solo Kazu era capaz.

Al liberarse del maleficio, Hirai notó que el cuerpo le volvía a la normalidad pero se incorporó jadeante.

—¡Kazu! ¡Dile algo a esta mujer! —le imploró llorosa mientras hacía un esfuerzo para sentarse en el suelo.

—Entiendo la situación por la que estás pasando.

—¿Y puedes hacer algo?

Kazu bajó la mirada hacia la cafetera que llevaba en la mano y se quedó pensativa durante unos instantes.

—No sé muy bien si funcionará o no —respondió.

—¡Haz lo que sea! ¡Por favor! —pidió Hirai suplicando desesperada con las manos juntas.

—Lo intentaré —dijo Kazu y, a continuación, dio un paso hacia delante para acercarse a la mujer del vestido.

Hirai se puso de pie apoyándose en Kei con la intención de observar atentamente lo que Kazu se proponía hacer. Sin embargo...

—¿Quiere un poco más de café? —se limitó a preguntar Kazu de nuevo.

Como Kazu se lo había servido hacía unos instantes, la mujer tenía la taza llena hasta arriba.

Ni Hirai ni la señora Kōtake tenían la menor idea de lo que Kazu pretendía hacer. Ambas ladearon la cabeza patidifusas.

—Sí, por favor —respondió la mujer del vestido impasible, y después se tomó de un trago el café que le habían servido hacía un momento para romper el maleficio de Hirai.

Kazu sirvió más café en la taza vacía. Sin reaccionar de ningún modo en particular, la mujer del vestido siguió leyendo su novela.

De inmediato, Kazu volvió a dirigirse a la mujer del vestido:

—¿Quiere un poco más de café? —dijo.

Como cabía esperar, la mujer del vestido todavía no había dado ni un solo sorbo al café que acababan de servirle, así que la taza estaba llena hasta los bordes. No obstante, la mujer del vestido volvió a aceptar impasible:

—Sí, por favor —respondió, y a continuación se tomó todo el café a grandes tragos.

—¿En serio? —comentó la señora Kōtake.

Por la cara que puso, había pillado lo que tramaba Kazu. Sin embargo, la táctica de irle rellenando la taza surtiría efecto solo si la mujer del vestido seguía bebiendo.

Kazu siguió con su imprudente táctica sin inmutarse. Le sirvió café hasta los bordes y de inmediato decía:

—¿Quiere un poco más de café?

Así, se lo ofreció repetidas veces y la mujer del vestido lo aceptó en todas las ocasiones.

—Sí, por favor —respondía y, a continuación, se tomaba todo el café.

Sin embargo, a la mujer del vestido se le fue poniendo mala cara y ya no podía beberse las tazas de golpe. De algún modo, consiguió terminarse la séptima a sorbitos.

—Qué fuerte. ¿Y no sería mejor que los rechazara? —murmuró la señora Kōtake apiadándose de la mujer del vestido.

—No puede rechazarlos —le susurró Kei al oído.

—¿Por qué?

—Así lo establecen las reglas.

—¿Cómo?

La señora Kōtake solo conocía las engorrosas reglas que existían para las personas que querían viajar al pasado. Sorprendida, se quedó observando con atención el desenlace de la historia.

Cuando Kazu le sirvió la octava taza de café a rebosar, la mujer del vestido hizo una mueca. Sin embargo, Kazu no se la perdonó.

—¿Quiere un poco más de café?

Kazu le ofreció la novena taza pero, de repente, la mujer del vestido se puso de pie.

—¡Se ha levantado! —gritó la señora Kōtake con entusiasmo.

—Tengo que ir al baño —murmuró la mujer del vestido mientras le lanzaba a Kazu una mirada como de rabia, y después salió disparada en dirección al cuarto de baño.

Habían forzado un poco aquello, pero el asiento de marras por fin se había quedado libre.

—Gracias —dijo Hirai, y a continuación se puso ante el asiento tambaleándose.

Su nerviosismo tensó el ambiente. Primero hizo una larga, profunda y pausada respiración y después deslizó el cuerpo entre la mesa y la silla.

Hirai se acomodó en el asiento y cerró los ojos lentamente.

Desde bien pequeña, Kumi Hirai siempre había sido la típica niña que correteaba detrás de su hermana mayor.

El antiguo *ryokan* Takakura siempre estaba muy lleno con independencia de la época del año. Su padre, Yasuo, era el director del lugar y su madre, Michiko, la dueña. Esta se había reincorporado al trabajo al poco tiempo de haber dado a luz a Kumi. Con solo seis años, Hirai cuidaba de su hermana mientras todavía era una recién nacida. Cuando iban a la escuela primaria, Hirai siempre llevaba a su hermana a caballito. Al ser una escuela de pueblo, los profesores estaban felices de colaborar y si Kumi rompía a llorar en clase dejaban que Hirai saliera de su aula para tranquilizarla.

Era la típica hermana mayor que siempre se desvivía por cuidar de su hermanita. Así era la Hirai de los años de primaria.

Al principio, sus padres tampoco sufrían por la relación que tenían con ella. Dado que Hirai era una chica sociable por naturaleza y con predisposición a hacerse querer, ellos se habían creado muchas expectativas de que en un futuro sería una propietaria maravillosa para el *ryokan*.

Sin embargo, en la personalidad de Hirai había algo que sus padres no vislumbraron: su libertad desenfrenada. Daba igual lo que pensaran los demás, si Hirai quería realizar algo, lo hacía. Y precisamente esta naturaleza desenfrenada que la hacía sentirse capaz de todo lo que quisiera era la que la motivaba a realizar cosas como llevar a Kumi a caballito hasta el colegio. Pero el único efecto que causó esto en sus padres fue que no tuvieran que preocuparse por ella.

Sin embargo, esa misma libertad desenfrenada le hizo rechazar el camino de llegar a ser la dueña del *ryokan* en el que sus padres habían puesto tantas expectativas. Ella no odiaba a sus padres ni tampoco al *ryokan*. Simplemente quería vivir libre.

Hirai se había ido de casa a los dieciocho años, cuando Kumi tenía doce. Como habían puesto muchas expectativas en ella, su marcha de casa hizo enfadar a sus padres y la desheredaron. No obstante, ellos no fueron los únicos que se quedaron en shock. Como era de esperar, Kumi también.

Sin embargo, esta seguramente ya tenía alguna sospecha de que Hirai se iría de casa, porque no lloró ni se vino abajo. «Qué egoísta es» fue lo único que murmuró cuando leyó la carta que su hermana le había dejado.

Hirai no se dio ni cuenta de que Kazu ya se encontraba de pie a su lado con la bandeja de plata, en la que había dispuesto la jarrita del mismo metal y una taza blanca. En su semblante sereno había una profundidad misteriosa.

—¿Recuerdas las reglas?

—Sí.

La primera regla establecía que, si querías viajar al pasado, únicamente podías volver a esa cafetería para encontrarte con alguien que ya hubiera estado allí. La última vez que se había encontrado con Kumi había sido en la cafetería. Bueno, como se había escondido, no sabía si podía decirse que era así o no pero, sea como fuere, Kumi ya había estado allí.

La segunda regla establecía que, aunque volvieras al pasado, daba igual lo que te esforzaras, el presente no cambiaría. Por tanto, por mucho que volviera al pasado y le suplicara a su hermana que no regresara en coche, las propias reglas harían que estas se cumplieran y los acontecimientos se desarrollarían de forma que en el presente Kumi fallecería en un accidente de todos modos. Para Hirai esta era la regla más cruel de todas las que había. Sin embargo, intentó pensar lo menos posible en ella.

La tercera regla establecía que únicamente podías volver al pasado en un asiento en concreto, en el cual Hirai se encontraba sentada en esos momentos.

La cuarta regla establecía que, mientras estuvieras en el pasado, no podías moverte de ese asiento.

La quinta regla establecía el tiempo que podías estar en el pasado: desde el momento en que te servían el café en la taza hasta que este se enfriaba. Era muy poco. Sin embargo, por muy corto que fuera ese rato, siempre y cuando pudiera volver a ver a Kumi, ya le parecía bien.

Hirai hizo una reverencia profunda con la cabeza mientras se preparaba mentalmente para el viaje.

Kazu no cayó en que se estaba concentrando y prosiguió la conversación con despreocupación:

—Las personas que viajan para ver a alguien que ha fallecido se dejan llevar por las emociones sin querer y, aunque sepan que hay un límite de tiempo, se les hace difícil encontrar el momento de separarse.

Hirai no contestó nada.

—Así que toma —dijo Kazu poniéndole una especie de cucharilla de bar en la taza.

En realidad lo que responde a este nombre es un palo que se usa para mezclar bebidas como, por ejemplo, cócteles. Sin embargo, lo que había introducido Kazu en la taza medía unos diez centímetros de largo y parecía una cucharilla de verdad.

—¿Qué es?

—Tiene una alarma que suena antes de que el café se enfríe. Así que cuando suene...

—De acuerdo. Me ha quedado claro... —Hirai interrumpió a Kazu a media explicación.

Estaba preocupada por la extrema ambigüedad de la regla que establecía que debía volver antes de que el café se enfriara. Podía ser que pensara que ya estuviese frío cuando en realidad todavía quedaba tiempo o, al revés, que siguiese caliente cuando en realidad ya hubiera pasado el momento de regresar. Sin embargo, de esta forma, si solo tenía que tomarse el café cuando sonara la alarma, la única preocupación que la angustiaba desaparecía y podría conversar con Kumi con calma.

Hirai simplemente quería disculparse por haber pensado que le molestaba que Kumi hubiera ido tantas veces a verla, por haberla tratado con crueldad y por haberla convertido en heredera del Takakura.

Al haberse ido de casa, había puesto a Kumi en el apuro de heredar el *ryokan* y ella se había comportado muy bien y no había podido oponerse a los planes de sus padres, a diferencia de lo que había hecho Hirai.

Pero ¿y si Kumi también tenía sus propios sueños?

Al haberse ido de casa tan egoístamente, Hirai la habría obligado así a abandonarlos. Si ese era el caso, entendía por qué había ido a visitarla tantas veces para persuadirla de volver a casa. Si Hirai lo hubiera hecho, Kumi podría haber perseguido sus sueños entonces y vivir con libertad.

De hecho, bien pensado, Hirai había conseguido ser libre gracias a la condescendencia de su hermana y era inevitable que se sintiera mal. En ese momento, estaba arrepentida a más no poder.

Quería pedirle perdón por ello. Por mucho que el presente no fuera a cambiar, como mínimo quería disculparse y que la perdonara por haberse comportado de manera tan egoísta como hermana.

Hirai miró a Kazu a los ojos y le hizo una profunda reverencia con la cabeza.

La camarera colocó la taza de café delante de Hirai, levantó con un movimiento pausado de la bandeja la jarrita de plata con la mano derecha y alzó la mirada hacia ella evitando mirarla directamente a los ojos. Era todo un ritual, siempre idéntico, daba igual quién se sentara allí. El semblante de Kazu también formaban parte de él.

—Tómate el café —dijo, y tras una breve pausa terminó la frase con un susurro— antes de que se enfríe.

Kazu empezó a servirlo en la taza con un movimiento pausado. Sin hacer ruido, el líquido salía de la fina caña de la jarrita de plata como si fuera un hililo negro.

Hirai observaba cómo el café iba subiendo en la taza a medida que se lo servían. El rato que tardó esta en llenarse se le hizo tan largo que se impacientó. Quería ver a su hermana lo antes posible y pedirle disculpas. El café empezaría a enfriarse a partir del instante en que se lo sirvieran; un lapso de tiempo de lo más breve.

La taza llena de café humeaba e Hirai se sintió envuelta por un vaivén que le provocó una especie de mareo. Después, el cuerpo se le fusionó con el humo del café y, poco a poco, empezó a ascender. Era la primera vez que experimentaba algo así en sus propias carnes, pero no sentía ni una pizca de miedo. Sin embargo, cerró los ojos lentamente para calmar su impaciencia.

☕

La primera vez que Hirai entró en la cafetería fue tres meses después de haber abierto su bar, cuando tenía veinticuatro años. Hacía siete años de aquello.

Era un domingo de finales de otoño. Hirai había salido a explorar el barrio. Entró en la cafetería de improviso y las únicas clientas que había eran ella y la mujer del vestido blanco. A pesar de que ya se acercaba la época de llevar bufanda, la otra clienta iba en manga corta. Mientras se sentaba en la barra, Hirai se preguntó si la mujer, aunque estaba en un lugar cerrado, no tendría un poco de frío por ir así.

Observó el local con mirada escrutadora: no había ningún miembro del personal. A pesar de que el cencerro había sonado a las claras, tampoco había oído que nadie la saludara. Hirai pensó que era un local en el que no recibían a los clientes con una bienvenida, pero eso no la disgustó. Al revés, le atrajo que no se anduvieran con convencionalismos, así que decidió esperar hasta que saliera algún empleado. Quizá por casualidad no se habían percatado de que el cencerro había sonado. O tal vez aquella era una práctica habitual de la cafetería. De repente, creció su interés por averiguarlo. Aparte de eso, sumida en la lectura de una novela, la mujer del vestido tampoco se había percatado de la existencia de Hirai. Por un momento tuvo la impresión de que se había equivocado y de que en realidad la cafetería estaba cerrada.

Transcurridos unos cinco minutos, sonó el cencerro y después entró una chiquilla que debía de ser una estudiante de secundaria.

—Bienvenida —dijo esta con un hilillo de voz y, sin mostrar ningún tipo de prisa, se metió en el cuarto del fondo de la barra.

De algún modo, a Hirai aquello le hizo gracia. Pensó que en esta cafetería no se andaban con miramientos, que eran libres. Aunque el tiempo que tendría que esperar para que la sirvieran era impredecible, ella lo prefería así, sin formalismos de ningún tipo.

Hirai se encendió un cigarrillo para tomárselo con calma.

Al poco rato, mientras Hirai encendía su segundo pitillo, salió una chica del cuarto del fondo en el que se había metido la estudiante de secundaria. Llevaba un jersey beige de punto, una falda larga de color blanco y un delantal bermellón de cuerpo entero; tenía los ojos grandes. Probablemente la estudiante de secundaria le había dicho que había una clienta, pero ella se había tomado su tiempo.

Sin embargo, la chica de los ojos grandes no parecía estar apurada. Sirvió un vaso de agua, lo puso delante de Hirai y la saludó sin más, con toda la familiaridad del mundo, como si de una parroquiana habitual se tratara. Cabría esperar que una clienta cualquiera se habría irritado si le hubieran hecho esperar tanto rato. Sin embargo, el hecho de que se tomara tantas libertades le causó muy buena impresión. La chica se comportaba con total normalidad y le sonreía despreocupada. Como Hirai jamás había visto a otra mujer que se comportara siguiendo su propio ritmo y con tanta libertad, aparte de ella misma, se quedó fascinada con la chica por instinto. Hirai pensó que a una chica así se lo perdonaba todo. Y, a partir de entonces, empezó a acudir a la cafetería Funikuri Funikura todos los días.

Hirai se enteró de que en esta cafetería se podía viajar al pasado el invierno de ese mismo año. El hecho de que la mujer del vestido siempre fuera en manga corta le hizo sospechar algo raro y preguntó si no debía de tener frío. Entonces, Kei le reveló quién era realmente aquella mujer y el secreto de que, si te sentabas en ese asiento, podías volver al pasado.

En ese momento, Hirai respondió con un «¡Eeeh!» sin acabárselo de creer. Sin embargo, como no tenía a Kei por alguien que se inventara cosas, decidió seguir escuchándola. Medio año más tarde, la leyenda urbana se hizo famosa de un día para otro y los clientes empezaron a apelotonarse en la puerta.

Aunque Hirai sabía de sobra que era posible volver al pasado, hasta ese momento jamás había pensado que quería hacerlo. Así era ella: vivía a lo loco y no se arrepentía de nada. Además, le parecía que volver al pasado no tenía ningún sentido si por mucho que te esforzaras el presente no iba a cambiar.

Y eso era lo que pensaba hasta que Kumi tuvo el accidente.

Con la conciencia inmersa en ese vaivén, Hirai oyó de repente una voz que pronunciaba su nombre.

—¿Hirai?

Entonces abrió los ojos de inmediato. En la dirección de donde provenía la voz, estaba Kei con su delantal de color bermellón. Debía de estar un poco sorprendida porque sus grandes ojos parpadearon varias veces. En la silla más cercana a la entrada, como siempre, el señor Fusagi hojeaba una revista. La escena era la misma que la de aquel día. Hirai había viajado en el tiempo a un momento en que su hermana Kumi todavía estaba viva.

Hirai notó que se le aceleraban las pulsaciones. Debía tranquilizarse. Trató de conservar la calma, pero estaba tan tensa como un hilo en estado de máxima tirantez. Si no se relajaba, rompería a llorar. Tenía los ojos rojos e hinchados y el rostro, contraído. No podía recibir a Kumi con esa cara.

Hirai se llevó las manos al pecho y respiró de manera lenta y profunda para calmarse. A continuación saludó a Kei, que seguía en la barra observándola con sorpresa.

—Hola.

Kei no se esperaba que en ese asiento apareciera alguien que conocía. Con un brillo en los ojos, dirigió la palabra a uno de los visitantes por primera vez:

—¿Qué haces aquí? ¿Has venido del futuro?

—Sí.

—¿Eh? ¿Qué has venido a hacer?

La Kei del pasado desconocía lo que había sucedido. Sus preguntas eran directas e inocentes.

—He venido a ver a mi hermana.

Hirai no se encontraba en posición de poder mentir. Sobre el regazo, sujetaba la carta de ella con fuerza.

—¡Ah! ¿La misma que siempre viene para convencerte de que vuelvas a casa?

—Sí.

—¡Qué raro! ¡Siempre te escondes de ella!

—Hoy... quiero verla.

Hirai respondió del modo más alegre que pudo. Proyectó una sonrisa, pero su mirada no mostraba felicidad. No podía ni siquiera pestañear y, a pesar de que tenía los ojos bien abiertos, no sabía muy bien lo que estaba viendo. Claramente, a Kei le pareció que Hirai se estaba comportando de un modo extraño porque puso cara de estar un poco preocupada.

—¿Ha pasado algo? —preguntó bajando la voz.

Hirai se quedó en silencio durante unos instantes.

—No —respondió con la voz quebrada.

El agua fluye de arriba abajo. Eso ocurre gracias a la gravedad pero, en el corazón de las personas, también existe una especie de ley equivalente. Cuando conoces bien a quien tienes delante y confías en ella, no puedes mentir. Tu verdadero yo confiesa, en especial si tratas de esconder que estás triste o débil. Sin embargo, en esos momentos, cuando tienes delante a una persona en la que no confías tanto, mentir es más fácil.

A Hirai, Kei le inspiraba una confianza total y se sentía unida a ella por una fuerte gravedad emocional. La veía como una persona capaz de aceptar y de perdonarlo todo. De repente, una única palabra amable de ella podría convertirse en lo que rompiera ese hilo tirante que Hirai tenía dentro.

Una única palabra amable. Si Kei la pronunciaba, Hirai sin duda lo soltaría todo.

Kei la observaba con semblante preocupado. Hirai no la estaba mirando, pero lo sabía. Por eso mismo estaba tratando de evitar cruzar la mirada con ella.

Al darse cuenta de que Hirai la rehuía, Kei salió de la barra.

¡Tolón, tolón!

De repente sonó el cencerro.

—¡Adelante! —dijo Kei como un acto reflejo, deteniéndose para volver la cabeza hacia la entrada.

Si bien, tal y como estaba estructurada la cafetería, cuando sonaba el cencerro no se sabía quién iba a entrar hasta transcurridos unos instantes, Hirai era consciente de que esa persona era Kumi. El reloj de pared que había en medio marcaba las tres. Los tres relojes indicaban horas distintas pero Hirai sabía que el de en medio era el único que daba la hora correcta. La misma en la que su hermana, Kumi, había entrado en la cafetería hacía tres días.

Entonces Hirai había tenido que esconderse detrás de la barra por la forma en que estaba diseñada la cafetería. Como el local se encontraba en un sótano, había una única puerta de entrada y de salida, con unas escaleras que llevaban a la calle, y que se usaban tanto para bajar como para subir.

Hirai tenía la costumbre de asomar la cabeza por la cafetería después de comer, donde se pedía un café y se entretenía un rato charlando sobre cualquier trivialidad con Kei antes de irse a trabajar.

Por casualidad, ese día había pensado abrir el bar antes y ya se había levantado del asiento. Había mirado el reloj de pared del medio para comprobar la hora: eran las tres en punto. Pensó que quizá era un poco pronto pero después se dijo a sí misma que, por una vez, podría tratar de cocinar algo para que los clientes pudieran picar. Así que pagó la cuenta y se fue. Bueno, en realidad solo llegó a entreabrir la puerta.

En lo alto de las escaleras oyó la voz de su hermana, Kumi, que estaba hablando con alguien por el móvil mientras las bajaba. Así que Hirai dio media vuelta deprisa y corriendo y se escondió detrás de la barra. Tolón, tolón, sonó el cencerro y después Kumi cruzó el umbral de la entrada. Le había ido por un pelo.

Eso es lo que había ocurrido tres días antes, cuando no llegó a ver a Kumi.

Y, en esos momentos, Hirai se encontraba en el asiento de marras esperando a que Kumi cruzara el umbral de la entrada.

Ni siquiera sabía cómo iba vestida su hermana aquel día. De hecho, no recordaba la última vez que la había mirado a la cara porque llevaba casi dos años escondiéndose de ella. En ese momento se dio cuenta de lo que había llegado a evitar a su hermana y de hasta qué punto se había comportado de un modo intencionadamente cruel con ella. Los remordimientos le oprimían el pecho.

Sin embargo, Hirai no podía permitirse llorar. No lo había hecho ante Kumi ni una sola vez en su vida. Si su hermana veía que derramaba lágrimas, se extrañaría mucho. Seguramente le preguntaría si había pasado algo y, si eso sucedía, por mucho que se repitiera a sí misma que el presente no iba a cambiar, no podría esconderle que había sufrido un accidente y que sería mejor que aquella noche volviera en tren o se quedara en Tokio. No obstante, diciéndolo no ganaría nada, porque solo serviría para revelarle a Kumi su sentencia de muerte y angustiarla. No podía decírselo pasara lo que pasase. Lo último que pretendía era hacer sufrir a su hermana pequeña. Así que Hirai respiró larga y profundamente para controlar toda clase de arrebato emocional.

—¿Hirai?

Al oír aquella la voz, a esta le pareció que el corazón se le detenía durante unos instantes. No fue necesario oírla por segunda vez para reconocerlo: era Kumi. Hirai abrió los ojos poco a poco y, delante de la entrada, vio a su hermana con toda claridad.

—¡Hola! —le respondió Hirai dedicándole la mejor sonrisa que pudo a la vez que la saludaba con la mano.

En su rostro ya no había el menor rastro de la rigidez que lo invadía hasta hacía unos instantes. Sin embargo, cerró con fuerza la mano izquierda con la que sujetaba la carta y que tenía encima del regazo.

Kumi se quedó mirando fijamente a su hermana.

Hirai entendió que Kumi se quedara perpleja porque, hasta ese momento, siempre que la veía, fruncía el ceño para que fuera consciente de que la estaba molestando. Mostraba hostilidad hacia ella para darle a entender que quería que se fuera rápido. Sin embargo, en aquel momento no fue así. Hirai miraba a Kumi con una enorme sonrisa. La Hirai que nunca cruzaba con ella ni siquiera la mirada la estaba mirando en ese momento a la cara.

—¿Eh? ¿Cómo puede ser? ¿Te pasa algo?

—¿Por qué?

—Nada, como durante todos estos años ha sido tan complicado verte.

—¿Ah, sí?

—¡Pues sí!

—Vaya, lo siento —respondió Hirai encogiéndose de hombros.

Quizá la buena disposición de Hirai tranquilizó un poco a Kumi porque se acercó poco a poco hacia donde estaba sentada su hermana.

—¡Ah! ¿Me pondrías unas tostadas, un café, un arroz con curri y un *parfait* mixto, por favor? —le pidió Kumi a Kei, que estaba en la barra.

—¡Marchando!

Con una fugaz mirada, Kei percibió que Hirai volvía a ser la misma de siempre y, quedándose más tranquila, entró en la cocina.

—¿Puedo sentarme? —preguntó Kumi medio cortada señalando con la mano el asiento de enfrente de Hirai.

—Por supuesto —respondió esta.

Hirai seguía con el rostro alegre y su hermana parecía estar contenta porque le mostraba una gran sonrisa, así que se sentó en la silla de delante con un movimiento pausado.

Sin embargo, ambas se quedaron en silencio durante unos instantes, una enfrente de la otra. Kumi bajó un poco la mirada, inquieta e insegura, e Hirai se limitó a observarla de manera escrutadora. Kumi debió de darse cuenta de que su hermana la miraba fijamente porque empezó a hablar con voz titubeante:

—¿No...? ¿No se te hace raro?

—¿El qué?

—Hace tanto tiempo que no nos sentábamos así una enfrente de la otra.

—¿Tú crees?

—¡Claro! La última vez que vine hablamos solo a través de la puerta.

La anterior, mientras tú corrías y yo te perseguía. Y la previa a esa, mientras cambiabas de acera. Y aun antes...

—Qué mal, ¿no?

Había muchas más. En una ocasión apagó las luces para hacer ver que no estaba. También había llegado a fingirse borracha para engañarla diciendo que no sabía que era su hermana. Y había tirado las cartas que le escribía sin ni siquiera leerlas. Todas y cada una de ellas. Se había comportado realmente mal.

—Tú eres así.

—Vaya, lo siento —dijo Hirai sacándole la lengua para hacerse la graciosa.

Sin embargo, el cambio de actitud de su hermana debió de parecerle raro a Kumi y quiso saber a qué se debía.

—Dime: ¿qué ha ocurrido? —preguntó con semblante preocupado de repente.

—¿A qué te refieres?

—¡Aquí hay gato encerrado!

—¿Tú crees?

—¿Te ha pasado algo?

—Nada en particular.

Hirai intentó no sobreactuar y consiguió hacerse la tonta con bastante naturalidad. Kumi pensó que aquel cambio repentino de actitud se debía a que su hermana iba a morir, porque había visto ese tipo de comportamientos en algunos personajes de serie de televisión. Miró a Hirai con preocupación y la comisura de los ojos se le enrojeció. «No soy yo la que va a morir precisamente.» Hirai no pudo resistirlo más y al final bajó la cabeza.

—Aquí tienes.

Kei había aparecido con el café para Kumi en el momento perfecto. Hirai levantó la mirada al instante.

—Gracias —dijo Kumi haciendo una reverencia con la cabeza en agradecimiento.

—De nada —respondió Kei, y a continuación dejó el café encima de la mesa, le retornó el gesto con otra ligera reverencia y volvió a la barra.

La conversación entre las hermanas había quedado interrumpida. Hirai se veía incapaz de empezar a hablar porque desde el momento en que Kumi había aparecido, había estado aguantándose las ansias de abrazarla fuerte y de gritar que no quería que muriera. Tan solo evitar pronunciar esas palabras le suponía un esfuerzo enorme.

Esos instantes de silencio hicieron que la pobre Kumi empezara a inquietarse. Hirai miró el reloj de pared repetidas veces mientras toqueteaba la carta que tenía sobre el regazo y se iba poniendo más nerviosa. Kumi no quería que su hermana supiera qué había ido a hacer allí, pero Hirai lo conocía de sobra.

Kumi quería escoger bien sus palabras, así que bajó la mirada, sopesando cuál era la mejor manera de decirlo. De todas formas, daba igual cómo fuese, lo que quería era pedirle a su hermana que volviera a casa. Era así de sencillo, pero no conseguía articular palabra. Hirai la había rechazado tantísimas veces a lo largo de los últimos años que se había bloqueado. Y cuantas más veces lo hacía, con más frialdad se comportaba Hirai. Kumi nunca se rindió, pero eso no significaba que se hubiera acostumbrado al rechazo. De hecho, cada vez que lo recibía, acababa dolida y triste.

Hirai pensó en cómo debía haberse sentido Kumi y se le partió el corazón. Había tenido que vivir con ese peso durante mucho, mucho tiempo. Su hermana se imaginaba que la rechazaría de nuevo, así que era por completo normal que se hubiera bloqueado. Pero, como siempre, sacó el coraje de lo más profundo de su ser y se tragó los nervios. No se rendiría. Nunca.

Kumi alzó la cabeza y miró a Hirai a los ojos de manera penetrante. Hirai desvió la suya, pero ella se quedó observándola directamente y soltó un pequeño suspiro.

—Está bien, volveré —respondió Hirai tras unos breves instantes.

En realidad, es impreciso decir que «respondió» porque Kumi todavía no había abierto la boca, pero Hirai sabía muy bien cuáles iban a ser sus palabras. Hirai acababa de darle una respuesta a su petición de que volviera a casa.

Kumi se había quedado estupefacta. No debía de haber entendido qué le estaba tratando de decir Hirai.

—¿Cómo? —preguntó.

Hirai se lo clarificó de forma amable y educada:

—A casa. Volveré a casa.

Kumi seguía con cara de incredulidad.

—¿De veras? —quiso asegurarse.

—Debes saber que soy un cero a la izquierda —respondió Hirai afligida.

—¡No pasa nada! ¡Nada! ¡Ya aprenderás! ¡Papá y mamá se pondrán muy contentos! ¡Sin duda!

—¿Tú crees?

—¡Claro que sí! —dijo Kumi asintiendo con una profunda inclinación de cabeza, y acto seguido se puso roja como un tomate y rompió a llorar.

—¿Qué te pasa?

Esta vez fue Hirai la que se había quedado perpleja. No es que no entendiera por qué Kumi se había puesto a llorar. Si su hermana volvía a casa, ella sería libre. Después de tantos años tratando de convencerla, entendía que estuviera feliz de que sus esfuerzos dieran por fin fruto. Sin embargo, nunca pensó que se pondría a llorar.

—Ha sido mi sueño durante todo este tiempo —murmuró con la cabeza gacha.

Los lagrimones le caían sonoramente sobre la mesa.

A Hirai le empezó a latir el corazón con fuerza.

Ahora le había quedado claro que Kumi también tenía sus sueños, que había cosas que quería hacer. Hirai había sido egoísta y se los había robado. Y lloraba por esos sueños después de haber tenido mucha paciencia.

Hirai pensó que quería saber qué le había robado.

—¿Qué sueño? —le preguntó a Kumi con la voz frágil.

A continuación, Kumi alzó la cabeza y, todavía con los ojos rojos como tomates, respiró larga y profundamente.

—Me gustaría que lleváramos el *ryokan* juntas —respondió.

El rostro lloroso de Kumi se volvió alegre.

Hirai no la había visto nunca sonreír con tanta felicidad.

Entonces, recordó mentalmente el discurso que le había soltado a Kei hacía tres días: «Está arrepentida. Ella no quería heredarlo. El *ryokan*, quiero decir. Ya sabe que no tengo ninguna intención de volver, pero ella me lo dice una y otra y otra y otra vez. ¡Es increíble lo insistente que es! No quiero ni vérselo. El pelo. Se lo veo en la cara. Como yo no quiero llevar el *ryokan*, lo hace ella. Pero si yo volviera, ella se liberaría. Sea como fuere, no puede culparme por ello. Ya puedes tirarla. Ya me imagino lo que pone. "El *ryokan* y yo te necesitamos. ¿Por qué no vuelves? Basta con que vayas aprendiendo a llevarlo sobre la marcha, todo irá bien..." Bueno, dirá algo así.»

Estas habían sido las palabras de Hirai.

Sin embargo, Kumi no la culpaba de nada ni tampoco le importaba haber heredado el *ryokan*. Simplemente no había dejado de insistirle porque ese era su sueño. No es que quisiera ser libre ni que se lo reprochara. La razón por la que insistía tanto era porque hacía mucho tiempo que soñaba con llevar el *ryokan* juntas.

Su hermana nunca se rindió con tal de conseguir su sueño. Esa misma Kumi que Hirai tenía ante sus ojos y que había llorado de alegría al oír que volvería a casa no se había rendido nunca. Su hermanita la adoraba con todo su corazón y, a pesar de haberla rechazado repetidas veces, jamás había desistido. Aunque sus padres la hubieran desheredado, Kumi no había dejado de confiar en que un día volvería a casa. Esa monada de hermanita que desde bien pequeña correteaba a su lado buscándola y repitiendo su nombre: «Hirai, Hirai». En esos momentos el amor que sentía por ella era más profundo que nunca.

Sin embargo, su hermanita ya no estaba viva.

Y Hirai se arrepentía cada vez más profundamente. ¡No quería dejarla morir! ¡No quería que se muriera!

—Ku... Kumi... —dijo Hirai con un hilillo de voz.

Por mucho que sabía que todo esfuerzo sería en vano, quería detener la muerte de su hermana.

—Voy al cuarto de baño. —Kumi no había oído a Hirai pronunciar su nombre—. Voy a arreglarme un poco el maquillaje —dijo, y de repente se levantó de la silla, se volvió de espaldas a Hirai y se dirigió hacia el cuarto de baño.

—¡Kumi! —gritó Hirai instintivamente.

Ante aquel grito repentino, Kumi se quedó atónita.

—¿Qué pasa? —preguntó perpleja.

Hirai se quedó sin saber qué responderle. ¿Qué podía decirle?

Daba igual lo que le contase, pues el presente no cambiaría. En lo más mínimo.

—Eeeh... Nada, nada.

Claro que tenía algo que decirle: ¡Que no se fuera de Tokio! ¡Que no se muriera! ¡Que lo sentía! ¡Que lo lamentaba mucho! ¡Que si no hubiera ido a verla no habría fallecido!

Había muchas cosas que quería decirle y por las que quería disculparse. Se había ido de casa por egoísmo. La había obligado a hacerse cargo del *ryokan* y de sus padres, además de hacerle asumir la gran tarea de ser la futura propietaria del *ryokan* sin pensar en lo duro que sería. Asimismo, tampoco se había imaginado qué sentimiento llevaba a Kumi a encontrar tiempo en su ajetreada agenda para ir a verla. Sin duda, le había causado mucho sufrimiento como hermana mayor y lo lamentaba profundamente. Sin embargo, no pudo articular ninguna palabra porque estaba insegura. No sabía qué podía decir. No sabía qué quería decir.

Kumi la miraba con cariño en el rostro. No dijo nada, sino que permaneció esperando con paciencia a que hablara. Lo único que había comprendido era que Hirai quería decirle algo.

«Después de tanto tiempo de haberme estado portando fatal con ella, ¿cómo puede ser que me mire con tanto cariño? La pobre me ha estado esperando a lo largo de estos años con todo su amor. Para que lleváramos juntas el *ryokan*. Sin darse nunca por vencida. Mientras que yo...»

Después de un largo silencio repleto de confusos sentimientos, Hirai consiguió balbucear una única palabra:

—Gracias.

¿Hasta qué punto aquello expresaba todos sus sentimientos? ¿Hasta qué punto los conseguía transmitir o no? Sea como fuere, fue la única palabra que Hirai pudo pronunciar.

Kumi se quedó atónita durante unos instantes y después le dedicó una sonrisa.

—¡De verdad que hoy estás muy rara! —respondió.

—Quizá tengas razón —contestó Hirai reuniendo sus últimas fuerzas para corresponderle con la mayor de sus sonrisas.

Su hermana se encogió de hombros con cara de felicidad, se dio la vuelta y empezó a andar en dirección al cuarto de baño.

«¡Kumi!»

Poco a poco, se fue alejando de ella y de los ojos de Hirai brotaron las lágrimas. Llegados a ese punto, le fue imposible contenerlas, aunque no parpadeó ni una sola vez. Estuvo contemplando fijamente la figura de Kumi hasta que la perdió de vista.

En el mismo instante en que dejó de verla, Hirai bajó la cabeza y se desmoronó. Cabizbaja, las lágrimas fueron cayendo de manera muy sonora sobre la mesa.

Hirai quería desprenderse de la tristeza que invadía su corazón llorando a pleno pulmón. Sin embargo, no podía hacerlo porque Kumi la oiría. Así que Hirai se llevó las manos a los labios para evitar gritar el nombre de su hermana y ahogar así su llanto desesperado, a la vez que le temblaban los hombros.

—¿Hirai? —dijo Kei desde la cocina preocupada por su extraño comportamiento.

Pipipipi.

Ese pitido inesperado venía del interior de la taza y era la alarma que avisaba de que el café estaba a punto de enfriarse.

—La alarma.

Al oírla, Kei lo comprendió todo. Sabía que únicamente se usaba cuando las personas viajaban en el tiempo para ver a alguien que había fallecido. Eso significaba que Hirai había ido a ver a su hermana Kumi. Es decir, que esta...

Como Kumi había entrado en el cuarto de baño y no podía verla, Kei miró a Hirai.

—No puede ser —murmuró con agitación.

Hirai clavó los ojos en Kei, y a continuación simplemente asintió con la cabeza con todo su pesar.

—Hirai —dijo Kei confusa.

—Lo sé.

Hirai asió la taza del café.

—Tengo que tomármelo, ¿verdad?

Kei no dijo nada. No fue capaz.

Con la taza en la mano, Hirai dejó ir lo que Kei no supo si fue un suspiro o un lamento. Sea lo que fuere, le salió con todo el dolor y la tristeza de su corazón.

—Una vez más. Solo quiero verla una vez más. Pero si me quedo, no podré volver.

Hirai se llevó la taza de café a los labios con las manos temblorosas. Tenía que tomárselo. Las lágrimas volvieron a brotarle a raudales mientras le rondaban un sinfín de pensamientos por la cabeza. ¿Por qué había tenido que pasar aquello? ¿Por qué tenía que haber fallecido su hermana? ¿Por qué no le había dicho antes que volvería a casa?

Hirai tenía la taza en los labios, pero se había quedado parada.

—No... No puedo.

Dejó la taza sobre la mesa y fue perdiendo la fuerza de todo su cuerpo. No conseguía comprender cuál era su propósito ni qué había ido a hacer allí. Lo único que sabía era que quería a su hermana más que nunca. De eso estaba segura y también de que había fallecido.

Si se tomaba el café, no volvería a verla nunca más. Había contemplado su sonrisa y quería hacerlo de nuevo.

Sin embargo, sabía perfectamente que, con Kumi delante, sería incapaz de tomarse el café.

—¡Hirai!

—¡No puedo!

Kei se mordió el labio con un pesar extremo, empatizando con el dolor que sentía Hirai.

—Se lo has prometido —empezó a decir Kei con voz temblorosa— a tu hermana. Le has dicho que volverías a casa.

Hirai cerró los párpados y recordó el rostro sonriente de Kumi.

—Para llevar el *ryokan* juntas.

En su imaginación, Kumi estaba viva y ambas trabajaban en el *ryokan* la mar de felices.

En ese momento le resonó en la cabeza el tono de la llamada que había recibido de madrugada en el móvil.

—Pero ella...

Fumiko recordó la imagen del cuerpo de Kumi, tendido como si durmiera.

Pero ella ya no estaba.

¿Qué pasaría cuando volviera al presente? Su alma había olvidado por completo las razones por las que merecía la pena regresar.

Kei también lloraba. Hirai jamás la había oído hablar con un tono de voz tan poderoso.

—Debes... ¡Debes volver por eso!

—¿Por qué?

—Porque tu hermana se entristecería si supiera que esa promesa iba a quedarse en solo eso. ¡Se pondría muy triste!

«Eso es. Le prometí a Kumi que haría que su sueño de llevar juntas el *ryokan* se cumpliera. Le dije que volvería y nunca había visto a Kumi sonreír con tanta alegría. No puedo obviarlo ni fallar a mi hermana de nuevo. Tengo que volver al presente, a casa. Por mucho que Kumi ya no esté, debo cumplir con la promesa que le he hecho en vida. No puedo obviar su rostro sonriente.»

Hirai asió la taza. Pero...

«Quiero verla una vez más», dudó de nuevo.

Sin embargo, si volvía a verla sería incapaz de tomarse el café y no podría regresar. De eso a Hirai no le cabía ninguna duda. Sin embargo, a pesar de que lo único que tenía que hacer era tomarse el café, la distancia entre la taza y sus labios no se había acortado.

Clac, se oyó que la puerta del cuarto de baño se abría a lo lejos.

Del mismo modo que pasaba con la puerta de entrada, la persona que salía del cuarto de baño no se veía de inmediato.

Hirai oyó ese sonido y acto seguido se tomó el café de un trago. No podía permitirse seguir dudando. Si no se lo bebía en ese momento, perdería la ocasión. Lo presentía en cuerpo y alma. En el mismo instante en que se tomó el café, Hirai volvió a sentir que se mareaba y que esa especie de vapor le envolvía el cuerpo. Ya no había remedio, no podría volver a ver a Kumi nunca más. Pero justo en el momento en que estaba pensando esto vio que Kumi salía del baño.

«¡Kumi!»

Hirai flotaba entre el vaivén y el vapor, pero su conciencia seguía allí.

—¿Cómo? ¿Hirai?

Kumi había regresado pero, como ya no veía a su hermana mayor, se quedó observando los alrededores del asiento de marras.

«¡Kumi!»

A Hirai ya no se la oía.

Perpleja, Kumi se dirigió a Kei, que estaba de espaldas en la barra.

—Perdona, ¿sabes dónde ha ido mi hermana? —preguntó.

La camarera volvió la cabeza y le dedicó una sonrisa.

—Le ha surgido un imprevisto —respondió.

Al oír eso, a Kumi se le ensombreció el rostro. Visto desde su perspectiva, aquello era lo más natural. Cuando por fin había podido encontrarse con su hermana, esta iba y se esfumaba. Le había dicho que volvería a casa pero el encuentro había sido muy corto. Así que no era para nada extraño que Kumi se inquietara. Bajó los hombros decepcionada.

—No te preocupes, me ha dicho que cumplirá su promesa —dijo Kei al ver su semblante preocupado, y a continuación volvió la mirada hacia donde Hirai se había convertido en vapor y guiñó un ojo.

«Kei, muchas gracias.»

Hirai lloró agradecida al ver cómo su amiga la ayudaba.

Kumi se quedó en silencio unos instantes.

—¿Ah, sí? —respondió con una gran sonrisa—. Bueno, pues entonces volveré a casa —dijo, y a continuación hizo una educada reverencia con la cabeza.

Después se enderezó y salió de la cafetería con paso ligero.

«¡Kumiii!»

A pesar del mareo, Hirai se encontraba en el mismo lugar en el que se había desvanecido y era perfectamente consciente de todo lo que veía. Al oír que cumpliría con su promesa, a Kumi se le había llenado el rostro de felicidad.

Entonces, ante los ojos de Hirai la imagen de la cafetería pasó de arriba abajo, como quien ve una película a cámara rápida.

Siguió sollozando un rato. Lloraba y lloraba.

Al volver a la realidad, Hirai se encontró con que la mujer del vestido había regresado del cuarto de baño y que se encontraba ante ella. Allí también estaban Kazu, Nagare, la señora Kōtake y Kei. Hirai había vuelto al presente. Un presente en el que Kumi ya no estaba.

La mujer del vestido vio que Hirai tenía los ojos anegados en lágrimas, pero no reaccionó de ningún modo.

—Aparta de ahí —se limitó a decir, como si estuviese enfadada.

—Ah. ¡Voy! —dijo Hirai atemorizada, levantándose de la silla.

La mujer del vestido se sentó deslizando su cuerpo entre la mesa y el asiento en silencio, apartó rápidamente la taza que había usado Hirai, y después empezó a leer la novela como si nada.

Hirai puso el mayor empeño posible en demudar su ceño fruncido con una larga y profunda respiración.

—Puede que no encaje allí. Que haga fatal el trabajo —dijo Hirai mientras miraba la última carta de Kumi, que sostenía en la mano—, pero si vuelvo ahora, todo irá bien, ¿verdad?

Parecía que había tomado la decisión de volver a su ciudad natal ya mismo. Cerraría el bar y lo dejaría todo de golpe. Así era Hirai. Decidía las cosas sin sopesar los posibles inconvenientes que podrían surgir en un futuro. Pero su rostro no albergaba ningún tipo de duda.

—¡Claro que sí! —dijo Kei enérgicamente, asintiendo con una profunda inclinación de cabeza.

Esta no le preguntó cómo había ido la experiencia, no era necesario.

Hirai sacó trescientos ochenta yenes del monedero para pagar el café, se los dio a Nagare y salió de la cafetería con el paso ligero y decidido.

¡Tolón, tolón!

Kei observó cómo se iba.

—Cuánto me alegro —susurró mientras se tocaba la barriga con suavidad.

Mientras guardaba el dinero que Hirai le acababa de pagar en la caja, Nagare observó a Kei preocupado.

«¿Podrá dejarlo todo realmente?», pensó Nagare sin cambiar de expresión al mismo tiempo que el cencerro resonaba en el interior de la cafetería con el mismo sonido de siempre:

Tolón... Tolón...

4

Madre e hija

Las cigarras *higurashi* son típicas de los haikus de otoño.

Cuando hablamos de ellas, nos viene a la mente su chirriar de finales de verano pero, en realidad y al igual que el resto de sus compañeras de especie, las cigarras *higurashi* cantan desde principios de la estación. Sin embargo, por alguna razón, otras como la cigarra marrón y la cigarra *min min* estridulan bajo el achicharrante sol de pleno verano y se relacionan con el calor intenso, mientras que, dado que la cigarra *higurachi* canta al anochecer, da la impresión de que esto ocurre a finales de verano.

Cuando se acerca el crepúsculo y cae el día, al oír ese cri, cri, cri, a uno le invade la melancolía y quiere regresar a casa rápidamente.

A diferencia de lo que pasa con la cigarra marrón y la *min min,* no es habitual oír el canto de la cigarra *higurashi* en las ciudades, porque esta prefiere los lugares umbríos donde no toca el sol durante el día, como los bosques o las florestas. Sin embargo, en el vecindario de la cafetería Funikuri Funikura vivía una *higurashi*. Cuando empezaba a caer la noche de repente se oía su cri, cri, cri: un chirrido efímero que parecía que fuera a desvanecerse.

De vez en cuando, ese estridor se llegaba a oír hasta dentro del local. Sin embargo, al estar en un sótano, uno debía aguzar mucho el oído para captar su sutil chirrido.

Un atardecer de agosto de esos en que la cigarra marrón chirriaba con estridencia en el exterior y la Agencia Japonesa de Meteorología había anunciado un día de calor extremo, se estaba tan fresco como siempre en el interior de la cafetería, incluso aunque no tuviese aire acondicionado, Kazu leía en voz alta un correo que Hirai le había mandado a Nagare.

—«Hace dos semanas que he vuelto a casa y tengo tantas cosas que aprender que a diario estoy al borde del llanto.»

—Qué exagerada...

En la cafetería, la señora Kōtake y Nagare escuchaban a Kazu. Siempre era él el que recibía los correos en el móvil porque ni Kazu ni Kei tenían uno. La primera porque no le gustaba relacionarse con la gente y creía que los móviles eran un incordio, y la segunda porque decía que con uno por pareja bastaba y, por ello, canceló su contrato cuando ella y Nagare se casaron.

Por el contrario, Hirai tenía tres teléfonos a los que daba usos distintos: el del trabajo, el personal y el de la familia. En este último solo tenía guardados los números telefónicos de casa y el de su hermana. Sin embargo, ahora había añadido dos contactos nuevos: el de la cafetería y el de Nagare. No obstante, nadie lo sabía.

Kazu siguió leyendo el correo en voz alta:

—«Con mis padres la relación sigue siendo un poco rara, pero estoy contenta de haber vuelto a casa. Si mi hermana hubiera fallecido solo para que mis padres y yo fuéramos infelices, si Kumi hubiera existido únicamente por eso, su vida habría sido en vano. Por esta razón quiero vivir mi vida de modo que la existencia de mi hermana tenga sentido. ¿Qué os parece? ¿Quizá me he puesto un poco demasiado profunda? Sea como fuere, estoy bien. Si os surgiera la oportunidad, visitadnos. El festival de Tanabata de este año ya ha terminado pero os animo a que vengáis otro año. Recuerdos a todos. Yaeko Hirai.»

—Y eso es lo que dice.

Nagare, que estaba de brazos cruzados en la puerta de la cocina, estrechó todavía más sus finos ojos. Quizá sonreía por dentro, pero visto desde fuera era imposible decirlo.

—¡Qué bien! —dijo la señora Kōtake con una sonrisa de felicidad.

Debía de estar allí en uno de sus ratos de descanso del trabajo porque iba vestida con el uniforme de enfermera.

—Mira.

Kazu dejó el teléfono delante del asiento de la barra donde estaba la señora Kōtake para enseñarle la fotografía que iba adjunta en el correo. Esta cogió el móvil para verla mejor.

—¡Anda! ¡Fíjate! ¡Va vestida como en los *ryokan*! —dijo un poco sorprendida al ver la foto.

—¿A que sí? —respondió Kazu sonriente.

En la fotografía, Hirai aparecía delante del *ryokan* vestida con el quimono de color melocotón rosa pálido con el *tsukesage* que llevaban las dueñas del Takakura y con un recogido bajo en el pelo.

—Parece feliz.

—¿Verdad que sí?

No cabía duda de que su sonrisa solo albergaba satisfacción. Decía que la relación con sus progenitores seguía siendo rara, pero aun así se había hecho la foto con su padre, Yasuo, y su madre, Michiko.

—Y su hermana también —susurró Nagare, que estaba mirando la fotografía desde detrás—. Seguro que está contenta, ¿verdad?

—Seguro que sí —respondió la señora Kōtake mientras observaba la fotografía.

Kazu, que estaba al lado, asintió inclinando ligeramente la cabeza con una expresión que no tenía nada que ver con la solemnidad ni la frialdad que solía mostrar en el ritual previo a los viajes al pasado. En su rostro había nobleza y amabilidad.

—Ahora que lo pienso —dijo la señora Kōtake con suspicacia después de devolverle el móvil a Kazu, a la vez que se volvía hacia la mujer del vestido. Después preguntó—: ¿Y esa mujer? ¿Qué hace ahí?

En realidad, a quien miraba con suspicacia no era a la mujer del vestido sino a la persona que estaba sentada con ella en la mesa: Fumiko Kyokawa, la chica que había viajado al pasado aquella primavera. Por lo general, era la mismísima estampa de una mujer de negocios pero aquel día debía de tener fiesta porque iba vestida de manera informal, con una camisa negra de tres cuartos, unos pantalones elásticos blancos y unas sandalias con cordones.

Fumiko se había pasado el rato abstraída mirando el rostro de la mujer del vestido, sin prestar ningún tipo de atención al correo que había mandado Hirai. Descifrar qué pretendía con ello era imposible.

—A saber —fue lo único que pudo responderle Kazu a la señora Kōtake.

Desde la primavera, Fumiko iba de vez en cuando a la cafetería y se sentaba delante de la mujer del vestido.

—Perdona —le dijo de repente Fumiko a Kazu.

—Dime.

—Hay algo que me pica la curiosidad.

—¿Qué es?

—¿El hecho de que se pueda viajar en el tiempo significa que también se puede ir al futuro?

—¿Al futuro?

—Sí, eso quiero decir.

Al oír las palabras de Fumiko, la señora Kōtake se reclinó hacia delante como si estuviera muy interesada en el tema.

—A mí también me pica la curiosidad.

—¿A que sí? —respondió Fumiko—. Tanto si se va al pasado como al futuro, en ambos casos se viaja en el tiempo. De modo que es lo mismo, ¿no? Entonces digo yo que sería posible...

La señora Kōtake se mostró de acuerdo asintiendo con la cabeza.

—¿Y bien? —preguntó Fumiko, volviéndose hacia Kazu con la mirada llena de expectativas y de curiosidad.

—Es posible —respondió esta con total tranquilidad.

—¿En serio? —replicó Fumiko.

Acto seguido, se levantó entusiasmada e hizo temblar la mesa del impulso, derramando a su vez la taza de la mujer del vestido. Esta enarcó un poco las cejas y Fumiko limpió el líquido rápidamente con un pañuelo de papel, no fuera a ser que le lanzara un maleficio.

—¡Eeeh! —dijo la señora Kōtake maravillada.

—Pero nadie viaja el futuro —añadió con serenidad ante la reacción de ambas.

—¿Cómo?

Aquella observación sorprendió a Fumiko sobremanera.

—¿Por qué? —le insistió a Kazu con voz desesperada, como queriendo decir que, si se pudiera viajar al futuro, no sería ella la única que querría probarlo.

No cabía duda de que la señora Kōtake también quería saber por qué motivo había dicho aquello, puesto que observaba a Kazu con los ojos como platos. Esta cruzó la mirada con Nagare y, a continuación, empezó a hablar a Fumiko con indiferencia:

—Dime: si pudieras viajar al futuro, ¿cuántos años quisieras saltar en el tiempo?

La pregunta fue repentina, pero todo indicaba que Fumiko había estado pensando en ello.

—¡Tres! —respondió de inmediato.

Fumiko se puso un poco roja.

—¿Para encontrarte con tu novio? —preguntó Kazu con serenidad.

—Sí, bueno... —respondió Fumiko alzando la barbilla como diciendo «¿qué pasa, acaso hay algo de malo en ello?».

Sin embargo, se puso todavía más roja.

—¡No tienes por qué avergonzarte! —exclamó Nagare burlándose.

—¡Y no lo hago! —objetó, pero ya era demasiado tarde.

Nagare y la señora Kōtake cruzaron las miradas con una sonrisita.

Kazu no se burló de Fumiko, sino que se la había quedado mirando con el mismo semblante sereno de siempre.

—¿No es posible? —preguntó Fumiko con un hilillo de voz al ver la cara de Kazu.

Esta prosiguió la explicación con desinterés:

—No es que sea imposible, se puede pero...

—¿Pero...?

—¿Qué certeza tienes de que él vendrá a la cafetería dentro de tres años?

Fumiko guardó silencio.

—¿Lo comprendes? —la presionó Kazu al ver que le costaba captar la intención de su pregunta.

—Hummm.

Fumiko lo había entendido. Estaba claro que no había nada que le garantizara que dentro de tres años Gorō fuera a ir a esa cafetería.

—Pues eso. Podemos volver a cierto momento del pasado porque en este han ocurrido hechos concretos, pero...

—En el futuro no —finalizó la señora Kōtake dando un golpe en la mesa con la mano como si fuera una concursante en un programa de preguntas y respuestas.

—Eso es. Puedes viajar al día que tú quieras, pero no sabes si en ese momento en concreto encontrarás a la persona que deseas ver.

Nagare parecía familiarizado con el asunto, así que seguramente muchos clientes ya habían pensado lo mismo antes.

—A no ser que ocurra un milagro, las posibilidades de que en un momento concreto del futuro te encuentres a la persona que quieres durante los pocos minutos que tarda un café en enfriarse son muy pocas, ¿no crees? —intervino Nagare como preguntándole si entendía lo que le quería decir con sus finos ojos.

—O sea, que sería inútil ir —murmuró Fumiko poniendo cara de haberlo comprendido.

—Eso es.

—Ya veo.

Avergonzada por el hecho de que su deseo para querer viajar al futuro era por un motivo superficial y abrumada por que las reglas que regían la cafetería fueran tan inalterables, Fumiko no hizo ademán de contradecir a Kazu.

No obstante, se dijo para sus adentros: «Por un lado, aunque vuelvas al pasado, el presente no cambia; por otro, viajar al futuro es inútil. Pues qué bien. No me extraña que en el artículo sobre la leyenda urbana escribieran que viajar en el tiempo "no tenía ningún sentido"».

Sin embargo, no era el momento de abrumarse. Nagare la miró de reojo estrechando los ojos como dos hilillos.

—¿Y eso? ¿Quieres asegurarte de que vas a casarte con él? —le preguntó a Fumiko con sorna.

—¡No, para nada!

—¿Seguro que no he dado en el clavo?

—¡Te digo que no!

Fumiko se había puesto tan nerviosa que se estaba cavando su propia tumba.

Sin embargo, aunque lo quisiera no podía ir al futuro porque había otro engorro de regla que no se lo permitía: quienes ya se habían sentado en el asiento de marras para desplazarse en el tiempo no podían viajar por segunda vez ni al pasado ni al futuro. Solo se podía hacer en una ocasión.

«Pero quizá sea mejor no contarle esta regla ahora», pensó Kazu al ver que Fumiko seguía hablando tan alegremente. No es que no se preocupara por ella, pero se imaginó que cuando se enterase de esa regla se llevaría una decepción y la avasallaría con un aluvión de preguntas, así que pensó: «¡Qué pereza!».

¡Tolón, tolón!

—¡Adelante!

Entró el señor Fusagi. Vestía un polo azul marino, unos pantalones cortos de color beige y unas sandalias *setta*, y llevaba una bolsa colgada al hombro. Era el día más caluroso del año. Entró secándose el sudor con una toallita blanca en lugar de con su pañuelo habitual.

—¡Señor Fusagi!

Nagare lo llamó por su nombre, a diferencia de otras veces, cuando lo saludaba con un simple «bienvenido». Al oír que lo llamaban por su nombre, el señor Fusagi puso cara de sorpresa pero, de inmediato, hizo una ligera reverencia a modo de saludo y después se sentó en la silla de siempre en la mesa más cercana a la entrada.

La señora Kōtake se le acercó tranquilamente con los brazos cruzados detrás de la espalda.

—Hola —le saludó con una sonrisa en el rostro.

La señora Kōtake ya no le llamaba por su nombre.

—¿Nos conocemos?

—Soy tu mujer.

—¿Mi mujer?

—Sí.

—¿Será una broma?

—Para nada.

La señora Kōtake deslizó su cuerpo en la silla de enfrente de él sin vacilar. El señor Fusagi puso cara de turbación, desconcertado ante la familiaridad con la que se comportaba con él esa mujer desconocida.

—Perdone, ¿sería tan amable de sentarse en otro lugar?

—¿Por qué? Si somos pareja.

—Pues yo no la conozco de nada.

—Entonces, empecemos a partir de ahora.

—Pero ¿qué se ha pensado?

—Bueno, pues entonces cásate conmigo.

El señor Fusagi observaba a la mujer que tenía ante él aturdido, mientras que la señora Kōtake solo sonreía. Kazu le estaba llevando un vaso de agua.

—Pe... Perdón. ¿Podrías ayudarme a quitármela de encima? —le pidió el señor Fusagi por completo confundido.

Desde fuera, la escena tenía su gracia pero si observabas el rostro del señor Fusagi veías que estaba muy turbado.

—Parece que lo está pasando realmente mal —dijo Kazu a modo de ayuda dedicándole una sonrisa.

—¿Tú crees?

—Quizá hoy sería mejor dejarlo estar —saltó también Nagare en defensa del señor Fusagi desde la barra.

De vez en cuando, marido y mujer tenían este tipo de conversaciones en la cafetería. Sin embargo, había días en los que él no se limitaba tan solo a contradecirle. «Ah, ¿sí?», respondía a veces maravillado al recibir la noticia. Dos días antes, la señora Kōtake se había sentado ante él y ambos habían estado charlando alegremente.

El tema principal de sus conversaciones eran los recuerdos que tenían de los viajes que habían hecho. Él le contaba que había estado aquí y allá, mientras ella le sonreía y le respondía cosas como que ella también había estado en esos lugares y así se engrescaban en la conversación. La señora Kōtake le había cogido el gusto a mantener esas charlas despreocupadas.

—¿Qué le vamos a hacer? Ya seguiremos hablando cuando volvamos a casa —dijo la señora Kōtake y, después, se levantó de la silla y regresó al sitio de la barra en el que había estado sentada antes, al comprender que aquel día era mejor dejar la conversación ahí.

—Parece feliz —le dijo Nagare a la señora Kōtake.

—Bueno... —respondió esta alegremente.

A pesar de que dentro de la cafetería el ambiente era fresco, el señor Fusagi seguía secándose el sudor con la toalla.

—Un café, por favor —pidió mientras sacaba una revista de viajes de dentro de la bolsa. Después la puso encima de la mesa y la abrió.

—Marchando —respondió Kazu dedicándole una sonrisa, y a continuación entró en la cocina.

Fumiko volvió a quedarse observando a la mujer del vestido, mientras que la señora Kōtake miraba al señor Fusagi con el mentón apoyado sobre las manos. Este se sintió observado y bajó la mirada a la revista.

Nagare observaba a Fumiko y a la señora Kōtake, a la vez que empezaba a moler granos de café con un molinillo de aspecto retro. La mujer del vestido seguía, como siempre, leyendo su novela.

El suave olor a café molido flotaba en el ambiente cuando Kei salió del cuarto del fondo.

Nagare dejó de moler el café.

—¿Eh? —dijo la señora Kōtake al ver la cara de Kei.

Estaba tan pálida que parecía que se fuera a caer.

—¿Estás bien? —preguntó Nagare con brusquedad, a la vez que también palidecía del susto.

—Tata, será mejor que descanses hoy —dijo Kazu asomando la cabeza desde la cocina.

—Estoy bien, estoy bien.

Kei se esforzó al máximo por sonreír, pero no pudo esconder que se encontraba mal.

—¿Cómo está? —le preguntó la señora Kōtake a Nagare para comprobar el estado de salud de Kei mientras se levantaba del asiento de la barra—. Será mejor que no hagas esfuerzos excesivos —le dijo a esta mientras se le acercaba para sostenerla.

—Estoy bien, en serio —respondió Kei, haciendo la señal de victoria, y a continuación se metió dentro de la barra.

No obstante, a ojos de todos era obvio que estaba haciendo un esfuerzo excesivo.

Kei tenía un problema de corazón de nacimiento. Dado que los médicos le habían recomendado abstenerse de practicar deportes intensos, desde pequeñita no había podido participar nunca en los acontecimientos deportivos del colegio a diferencia de los demás niños. Sin embargo, además de ser sociable y despreocupada por naturaleza, era una chica espontánea y llena de curiosidad, y tenía un don natural para disfrutar de la vida haciendo lo que podía. Como decía Hirai, Kei tenía «el don de vivir con alegría». Si no podía practicar deportes intensos, el problema terminaba con no realizarlos. Esa era la lógica que la movía. En las carreras de atletismo del colegio, algún chico la empujaba en la silla de ruedas para poder participar en ellas. Siempre terminaban en la última posición, y tanto ella como el chico que la empujaba vivían la derrota como una verdadera pérdida. En otras actividades, como el baile, ella participaba moviéndose de modo pausado con coreografías totalmente distintas a las del resto. Cuando se ponían en círculo, a menudo interrumpía el movimiento pero de forma asombrosa nadie pensaba que era un incordio, sino que a su alrededor todo el mundo la apoyaba; así de carismática era Kei.

Sin embargo, con independencia de sus ganas de vivir y de su personalidad, el corazón de Kei a menudo le jugaba malas pasadas. Así que solía tener que interrumpir su vida escolar para entrar y salir del hospital, aunque no durante períodos largos.

A Nagare lo conoció en un hospital cuando Kei tenía diecisiete años y estaba en segundo de bachillerato. En una de las hospitalizaciones en las que tuvo que guardar cama, Kei se divertía charlando con las visitas y las enfermeras, y observando el paisaje a través de la ventana.

Un día, mientras miraba el jardín, le llamó la atención la figura de un chico que tenía todo el cuerpo envuelto en vendas. Kei no podía apartar la mirada de él. No solo porque estaba vendado, sino porque era la persona más grande que había visto jamás. Por su lado pasó una niña pequeña que, comparada con él, parecía diminuta. Podría considerarse inadecuado pero a ese enorme chico recubierto de vendas Kei le puso el apodo de «la momia» y jamás se cansaba de observarlo.

Las enfermeras le contaron que la momia estaba en el hospital porque se había visto envuelto en un accidente de tráfico. Según lo que le contaron, estaba cruzando una intersección a pie cuando ante sus ojos un coche sufrió una pequeña colisión contra un camión. Por fortuna se libró de que impactaran directamente con él pero el lateral del camión lo golpeó, lo mandó despedido unos veinte metros y se estrelló contra el escaparate de una tienda. Al coche no le pasó nada pero el camión se subió al bordillo de la acera y volcó. No hubo más heridos pero si este accidente le hubiera ocurrido a una persona de constitución estándar, es probable que hubiera fallecido en el acto. Sin embargo, transcurridos unos instantes, ese chico corpulento se levantó como si no le hubiera pasado nada. Bueno, no exactamente como si nada: tenía todo el cuerpo ensangrentado. Se acercó rápido hacia el camión volcado y preguntó al conductor si estaba bien. El vehículo sufría una fuga de gasolina, el camionero se había desmayado y no contestaba, así que aquel chico corpulento y ensangrentado tiró de él, se lo cargó a los hombros sin esfuerzo y se dirigió a los curiosos que se habían detenido a mirar para pedirles que llamaran a una ambulancia. Al chico corpulento también lo llevaron al hospital pero, a pesar de estar lleno de sangre, no sufría ninguna fractura ósea sino únicamente heridas y cortes.

Al oír la historia, el interés de Kei por la momia aumentó todavía más y no tardó en convertirse en idolatría. Era la primera vez que Kei se enamoraba.

Cierto día, le dio un arrebato y fue a ver a la momia. De cerca era más grande aún de lo que se había imaginado. Parecía de verdad un muro. Sin embargo, eso a Kei no la intimidó.

—Quiero casarme contigo —le confesó sin andarse con rodeos y sin ningún resquicio de duda ni timidez, a la vez que lo miraba fijamente con un intenso brillo en los ojos.

Esas fueron las primeras palabras que le dijo en su primer encuentro.

La momia se quedó en silencio durante unos instantes mirando a la muchacha desde arriba.

—En ese caso trabajarías en una cafetería —se limitó a decir.

Fueran aquellas palabras una respuesta o no, eso fue lo que contestó.

Después estuvieron tres años saliendo y, cuando Kei cumplió veinte años y Nagare tenía veintitrés, formalizaron los papeles y se convirtieron oficialmente en pareja.

Kei se fue al otro lado de la barra y comenzó a secar los vasos y a ponerlos en la estantería como de costumbre. En la cocina empezó a oírse el borboteo de la cafetera de sifón. La señora Kōtake miraba a Kei con semblante muy preocupado, Kazu se metió en la cocina y Nagare volvió a ponerse a moler granos de café con el molinillo.

Por alguna razón, la mujer del vestido tenía la mirada clavada en Kei pero nadie se dio cuenta de ello.

—¡Ah! —gritó la señora Kōtake en el mismo instante en que se oyó que se rompía un cristal.

A Kei se le había resbalado un vaso de las manos.

—¡Tata!

Kazu reaccionaba siempre a todo con serenidad, pero esta vez salió disparada en un inusual estado de pánico.

—Lo siento —dijo Kei haciendo ademán de recoger el vaso que se le había roto.

—¡Ya me encargo yo! —la detuvo Kazu.

Nagare se quedó observando la escena en silencio.

Era la primera vez que la señora Kōtake veía a Kei en tan malas condiciones. Por su trabajo, estaba acostumbrada a ver personas enfermas pero le afectó ver a una amiga así de mal.

—¡Kei! —murmuró enrojeciendo de la conmoción.

—¿Estás bien? —se preocupó también Fumiko.

El señor Fusagi también levantó el rostro, preocupado.

—Lo siento.

—¿No sería mejor que fueras al hospital? —le recomendó la señora Kōtake.

—Es... Estoy bien, en serio.

—Pero...

Kei negó rotundamente con la cabeza. Sin embargo, respiraba con dificultad. Estaba peor de lo que creía.

Nagare no decía nada, pero observaba a su esposa con disconformidad. Kei respiró hondo.

—Tenéis razón, será mejor que descanse un poco —dijo, y a continuación se encaminó hacia el cuarto del fondo tambaleándose.

Cuando Nagare ponía esa cara, Kei sabía perfectamente que estaba muy preocupado.

—Te dejo a cargo del negocio —dijo el propietario de la cafetería a Kazu y, después, siguió a Kei hasta el cuarto del fondo.

—Claro —respondió Kazu, aunque se quedó paralizada, como si estuviera en alma pero no en espíritu.

—Mi café, por favor.

—Ah, perdone —dijo Kazu volviendo en sí al oír la voz del señor Fusagi, que había percibido claramente el ambiente enrarecido y había estado reprimiéndose de reclamarlo para evitar presionar demasiado.

A Kei se le había olvidado por completo llevarle el café.

Ese día la noche cayó con el ambiente cargado.

Desde que había sabido que estaba embarazada, Kei le hablaba al bebé que llevaba dentro siempre que tenía tiempo libre. A las cuatro semanas de concepción podría decirse que todavía era prematuro llamarle «bebé» pero eso a Kei le daba igual.

Para ella se había convertido en una rutina darle los buenos días al bebé por las mañanas, explicarle las cosas que había hecho durante el día y llamar «papá» a Nagare. Estas conversaciones eran para ella la mayor dicha que había sentido hasta ese momento.

—¿Puedes verlo? ¡Es tu padre!

—*My father?*

—*Yes!*

—Es muy grande, ¿verdad?

—Sí, pero no solo físicamente. Su corazón también lo es. Es muy buena persona y será muy buen padre.

—¡Qué ganas tengo de conocerlo!

—Papá y mamá también tienen muchas ganas de conocerte.

Así le hablaba. Por supuesto, siempre que tenía estas conversaciones, Kei desempeñaba los dos roles.

Sin embargo, la salud de Kei empeoraba día tras día. Durante la quinta semana de embarazo, en el interior del útero se forma una pequeña bolsa llamada «saco amniótico» y, adentro, un embrión de uno o dos milímetros del que ya se pueden oír los latidos del corazón. A partir de ese momento se moldean rápidamente los órganos del cuerpo: por un lado, las partes que conforman el rostro como los ojos, las orejas o la boca; por otro, el estómago, los intestinos, los pulmones, el páncreas, los nervios cerebrales o la vena aorta; y, por último, las extremidades, que empiezan a despuntar.

Pero la gestación del bebé estaba acabando con la salud de Kei.

Además, como le había subido la temperatura corporal, tenía episodios de fiebre y, a causa de la secreción de hormonas producidas para la formación de la placenta, se sentía cansada y muy aletargada. Como estaba emocionalmente inestable, le venían arrebatos de enfado y de tristeza. Y también se le había alterado el gusto.

Sin embargo, Kei no se había quejado ni una sola vez del dolor ni de la dificultad que le suponía. Acostumbrada a entrar y salir del hospital desde pequeña, nunca se lamentaba por sus achaques de salud.

No obstante, el estado de salud de Kei se había agravado rápidamente en los últimos días.

Hacía un par de días, Nagare lo había consultado con el médico de familia y su opinión respecto al embarazo de Kei fue:

—Con franqueza, creo que el corazón de su mujer no sobrevivirá al parto. A partir de la sexta semana empezará a tener náuseas matutinas. Si fueran graves, deberemos considerar hospitalizarla. En el caso de que ella decida dar a luz, hay muchas posibilidades de que no salga bien ni para la madre ni para el bebé. Incluso si el parto acabara bien, las secuelas en el cuerpo de su mujer serían enormes. Sin duda, cabe esperar que sus años de vida se acorten. —Esa había sido la opinión del médico. Luego había añadido—: Normalmente, los abortos inducidos se llevan a cabo entre la sexta y la decimosegunda semana del embarazo. En el caso de su mujer, si quisiera llevarlo, cuanto antes mejor. Para que no sea demasiado tarde.

Al llegar a casa, Nagare habló con Kei sin escatimar detalles pero esta asintió con una ligera inclinación de cabeza y se limitó a responder:

—Lo sé.

Al cerrar la cafetería, Nagare permaneció solo sentado en uno de los asientos de la barra. El local estaba iluminado con las lámparas de pared. Encima de la barra había una hilera de pequeñas grullas de origami hechas con servilletas de papel. En el interior de la cafetería solo se oía el vaivén del péndulo del reloj de pared y lo único que se movía eran los dedos de Nagare.

¡Tolón, tolón!

El cencerro había sonado, pero Nagare ni se inmutó. Únicamente se limitó a poner encima de la barra la perfecta grulla de origami que acababa de hacer.

Acto seguido, la señora Kōtake cruzó el umbral de la entrada.

Al salir del trabajo se había acercado a la cafetería porque estaba preocupada por Kei.

Nagare observaba las grullas con la cabeza gacha. La señora Kōtake se había quedado plantada en la entrada.

—¿Cómo está Kei? —preguntó.

La señora Kōtake sabía que Kei se encontraba en el primer estadio del embarazo pero no se había imaginado que el deterioro de su salud había sido realmente tan abrupto. Seguía con la misma cara de preocupación que al mediodía. Nagare se quedó en silencio unos instantes y cogió otra servilleta de papel.

—Bueno, más o menos —se limitó a responder.

La señora Kōtake se sentó en la barra dejando una silla de separación entre ella y Nagare.

—Lo siento, es que estoy preocupado —dijo Nagare rascándose la nariz.

Luego la miró de reojo y a continuación volvió a bajar la cabeza.

—Ya me lo imagino, pero ¿no crees que es mejor que vaya al hospital?

—Se lo he dicho y no quiere oír hablar de ello.

—Pero...

Nagare dejó de hacer la grulla de papel. Sin embargo, seguía con la mirada clavada en ella.

—También me he opuesto a que lo tenga —musitó con voz quebrada.

Si no hubiera sido por el silencio que reinaba en la cafetería, la señora Kōtake probablemente no lo habría oído.

—Pero ella dice que quiere tenerlo sí o sí —dijo Nagare y, a continuación, hizo un ademán de sonreír aunque volvió a bajar la mirada de inmediato.

Nagare le había dicho que se oponía al parto, pero tampoco había podido negarse con rotundidad con un «no lo tengas» o «no quiero que lo tengas». Le era imposible escoger entre la vida de Kei y la del bebé.

La señora Kōtake no sabía qué decirle.

—Qué duro —murmuró mientras observaba cómo el ventilador giraba en el techo poco a poco.

En ese momento Kazu salió del cuarto del fondo.

—Kazu.

La señora Kōtake se había dirigido a ella con voz susurrante pero esta, en lugar de devolverle la mirada, la desvió hacia Nagare. En su rostro no había esa expresión impasible que la caracterizaba, sino que desprendía abatimiento y tristeza.

—¿Cómo está?

Ante la pregunta de Nagare, Kazu se quedó en silencio y miró hacia el cuarto del fondo. Luego Kei salió de ella caminando a paso lento. Tenía la tez pálida y andaba tambaleándose pero, comparado con su estado al mediodía, se encontraba muchísimo mejor. Fue tras la barra, delante de Nagare.

Kei contempló a Nagare fijamente pero él no la miró, sino que se quedó observando las grullas de origami que estaban encima de la barra. Marido y mujer se quedaron en silencio. El ambiente se estaba enrareciendo por segundos. La señora Kōtake también se había quedado paralizada.

De repente, Kazu entró en la cocina y empezó a preparar café. Puso un filtro en el embudo y vertió agua caliente en el matraz con un cazo. Como el interior de la cafetería estaba en silencio, aunque no estuviera a la vista, era fácil imaginarse lo que estaba haciendo. Transcurridos unos instantes, el agua del matraz empezó a hervir y se empezó a oír el ploc, ploc del líquido subiendo por el embudo. En cuestión de segundos, el aroma a café flotaba en el ambiente. Hechizado por ese aroma, Nagare alzó el rostro.

—Lo siento —murmuró Kei.

—¿El qué? —respondió Nagare con la mirada clavada en las grullas de origami.

—Mañana iré al hospital.

—Ingresaré sin falta.

Parecía que Kei estaba diciendo aquello en voz alta para convencerse a sí misma.

—Honestamente, me da la sensación de que, si entro en el hospital, ya no regresaré. Por eso no estaba preparada para tomar esta decisión.

—Hummm.

Nagare cerró los puños con fuerza.

Kei levantó el mentón y miró al vacío con sus grandes ojos.

—Parece que mi cuerpo pronto... —dijo con cara de estar a punto de romper a llorar.

Nagare la escuchaba en silencio.

—Mi cuerpo pronto llegará a un estado crítico. —Kei se llevó la mano a su todavía imperceptible barriguita—. Parece ser que lo único que me queda es dar a luz a este bebé —dijo con una sonrisa de frustración.

Estaba claro que nadie conocía mejor su cuerpo que ella misma.

—Era solo eso.

Kei había dicho al final que había decidido ir al hospital. Nagare la miró fijamente con sus finos ojos.

—De acuerdo —se limitó a responder.

—Kei —dijo la señora Kōtake.

Era la primera vez que veía a Kei tan conmovida. Como enfermera, comprendía el grave peligro que comportaba dar a luz teniendo una enfermedad de corazón como la de Kei. Su fragilidad había empezado a causarle estragos estando solo en el estadio inicial de las náuseas matutinas. Si hubiera decidido abortar, nadie podría habérselo reprochado. Sin embargo, había decidido tener el bebé.

—Pero tengo miedo —murmuró Kei con la voz temblorosa—. ¿Será feliz? —Se tocó la barriga con un movimiento pausado—. ¿Se pondrá triste? ¿Llorará? —A continuación, se dirigió al bebé como solía hacer—: Lo único que puedo hacer es darte a luz. ¿Me lo perdonarás? —Aguzó el oído aunque el bebé no pudiera darle ninguna respuesta. Una lágrima resbaló por la mejilla de Kei—. Me da miedo... Me da miedo no poder estar a su lado —prosiguió mirando fijamente a Nagare—. ¿Qué puedo hacer? Quiero que sea feliz. Eso es lo único... Lo único que me da miedo.

Pero Nagare se quedó observando las grullas de origami de encima de la barra sin responder nada.

Plaf.

La mujer del vestido había cerrado el libro, aunque no había terminado de leerlo, pues la novela tenía un marcapáginas blanco con una cinta roja. El ruido había llamado la atención de Kei y de manera instintiva se giró hacia ella. Acto seguido, la mujer del vestido también se volvió hacia Kei, a quien miró fijamente a los ojos.

Mientras la observaba, la mujer del vestido le hizo un guiño lento y, después, se levantó tomándose su tiempo. Nadie supo qué había querido decir con aquel gesto pero, como si no tuviera nada más que añadir, la mujer del vestido pasó a continuación por detrás de Nagare y junto a la señora Kōtake en silencio y entró en el cuarto de baño como si este la hubiera abducido.

El asiento de marras había quedado vacío.

Kei salió de la barra tambaleándose como si quisiera hacerse con la silla. Después, una vez estuvo delante del asiento en el que se podía viajar al pasado, se quedó observándolo fijamente.

—Kazu, ¿me servirías un café? —pidió con la voz quebrada.

Al oír que Kei había pronunciado su nombre, esta asomó la cabeza desde la cocina sin entender por qué estaba sentada en ese asiento.

—¡Oye! ¿En serio? —dijo Nagare a la espalda de Kei.

Kei había aprovechado que la mujer del vestido no estaba y ahora recordó la conversación de aquel mediodía.

Fumiko Kyokawa había preguntado si era posible viajar al futuro. Su objetivo estaba claro: quería viajar tres años hacia delante para comprobar si Gorō había vuelto de Estados Unidos y si estaban casados o no. Kazu le había respondido que era posible pero también que nadie se había decidido a hacerlo hasta entonces.

Sin lugar a dudas se podía viajar al futuro, pero no era seguro que allí pudieras encontrarte con la persona a quien querías ver porque nadie podía predecirlo. Cómo no, el límite de tiempo era el mismo: había que tomarse el café antes de que se enfriara. Las probabilidades de encuentro eran prácticamente nulas, así que la gente desistía de ir porque pensaba que era inútil probarlo.

Pero Kei había decidido viajar al futuro.

—Solo quiero ir a echar un vistazo.

—Espera.

—Solo con verla ya me quedaré tranquila.

—¿De verdad quieres viajar al futuro? —dijo Nagare alzando la voz más de lo habitual.

—Pero...

—¡No sabes si os vais a encontrar! Y si no es así, no tiene sentido que vayas.

—Ya, pero...

Kei se quedó mirando a Nagare fijamente con los ojos suplicantes. Sin embargo, este se negó:

—Ni hablar —dijo cortante, y a continuación se volvió de espaldas a ella y se quedó en silencio.

Era la primera vez que Nagare le ordenaba a Kei algo de un modo tan vehemente. Él era el primero en respetar la determinación que caracterizaba la personalidad de su esposa. De hecho, ni siquiera se había opuesto rotundamente a que Kei hubiera elegido dar a luz a costa de ponerse en peligro. Pero ahora Nagare se oponía a que viajara al futuro.

No se trataba tan solo de que no tenía la certeza de que se produjera un encuentro, sino que, en el peor de los casos, cabía la posibilidad de que descubriese que en el futuro no había ningún hijo y eso podía hacer que Kei perdiera las enormes ganas de vivir que tenía en aquel momento. Esa era la razón principal por la que Nagare se oponía a que ella viajara al futuro.

Abatida, Kei bajó la cabeza delante del asiento de marras. Sin embargo, no debía de querer renunciar a viajar al futuro porque no hizo ningún ademán de moverse de allí.

—¿A cuántos años quieres viajar? —murmuró Kazu de repente. A continuación, se deslizó con movimientos pausados para ponerse al lado de Kei y, mientras retiraba la taza que había usado la mujer del vestido, dijo—: ¿A qué día, de qué mes y de qué año quieres ir? Dime también la hora y el minuto —preguntó mirándola fijamente, y después asintió inclinando un poco la cabeza para reconfortarla.

—¡Kazu! —gritó Nagare, pero no produjo ningún efecto sobre ella.

—Lo recordaré. De una forma u otra haré que ese día os encontréis —dijo con una sonrisa despreocupada en el rostro.

—Kazu.

Acababa de prometerle a Kei que iba a viajar al futuro y que se encontraría en la cafetería con la persona que iba a dar a luz.

—Así que estate tranquila.

Kei miró a Kazu a los ojos y le hizo una ligera reverencia con la cabeza en agradecimiento. Kazu tenía la impresión de que en los últimos días la salud de Kei había empeorado no solo por los cambios que su cuerpo estaba experimentando con el embarazo, sino también por el estrés emocional por el que estaba pasando.

Kei no tenía miedo de morir. Sin embargo, como madre, le angustiaba y apenaba no saber qué sería de su bebé. Esas sensaciones la carcomían por dentro y le estaban robando la salud. A su vez, ese deterioro físico había causado que estuviera todavía más nerviosa. Como suele decirse, «mente sana en cuerpo sano». Si Kei seguía así podría marchitarse antes de dar a luz y no salir con vida del parto ni ella ni el bebé. Eso era lo que pensaba Kazu.

Ahora a Kei se le notaba en los ojos que había recuperado la alegría de vivir.

«Podré ver a mi bebé.»

No era realmente pedir mucho. Kei se dirigió hacia donde estaba Nagare sentado en la barra para verle la cara y capturó la mirada de él con sus grandes ojos.

Nagare permaneció en silencio unos instantes, dio un breve suspiro y volvió la cabeza malhumorado.

—Haz lo que quieras —espetó, y después le dio la espalda a Kei y se recolocó en el asiento.

—Gracias —susurró Kei a la espalda de Nagare.

Después de asegurarse de que Kei tenía permiso para ocupar el asiento de marras, Kazu cogió la taza que había usado la mujer del vestido y se la llevó a la cocina.

Kei respiró de manera larga y profunda, se sentó en la silla con un movimiento pausado y cerró los ojos. La señora Kōtake juntó las manos delante de los ojos como si fuera a rezar, mientras que Nagare permanecía en silencio observando fijamente las grullas de origami que tenía ante él.

A propósito de esta situación, era la primera vez que Kei veía que Kazu se oponía a Nagare y mostraba una opinión propia respecto a algo.

Fuera de la cafetería, Kazu apenas hablaba con aquellas personas a quienes no conocía mucho. Asistía a la facultad de Bellas Artes, pero Kei no la había visto nunca con ningún amigo. Siempre estaba sola. Al regresar de la universidad, echaba una mano en la cafetería y, cuando terminaba, se encerraba en el cuarto y se dedicaba a pintar en cuerpo y alma.

Kazu dibujaba únicamente a lápiz y sus trabajos, hiperrealistas, parecían verdaderas fotografías. De hecho, si no veía el modelo de su obra no podía dibujarlo. Es decir, no retrataba cosas imaginarias, inexistentes ni ficticias.

Las personas no percibimos las cosas que vemos u oímos de modo objetivo, sino que distorsionamos la información que nos llega a la vista o a los oídos en función de nuestras experiencias, pensamientos, circunstancias, delirios, gustos, conocimientos, percepciones y otras sensibilidades varias. A los ocho años, el famoso artista Pablo Picasso dibujó un magnífico boceto de un hombre desnudo, mientras que a los catorce pintó el cuadro realista de *La primera comunión*. Posteriormente, el suicidio de un buen amigo le causó un gran impacto y empezó su período azul, en el que usó tonos azulados y apagados en sus cuadros. Después, conoció a una mujer y empezó a pintar con colores más vivos y a retratar escenas de circo. Más tarde, influenciado por las esculturas africanas, desarrolló el cubismo. Transcurrido un tiempo, siguió los principios del neoclasicismo, después vino el surrealismo y, más tarde, pintó los famosos cuadros del *Guernica* y *Mujer que llora*. Eso era lo que veían los ojos de Picasso, pero podríamos decir que constituía el resultado de una proyección sujeta al «filtro» del artista.

Hasta entonces, Kazu no se había opuesto ni mostrado contraria a las ideas de nadie. Eso era porque sus sentimientos estaban exentos de filtros. Pasara lo que pasase, se mantenía distante para no influir. Esa era la actitud de Kazu ante la vida.

Y así se comportaba con todo el mundo. Su actitud ante los clientes que querían viajar al pasado era fría porque quería transmitirles que pasara lo que pasase allí, aquello no era de su incumbencia.

Sin embargo, aquel día había sido distinto. Kazu había hecho una promesa y había empujado a Kei a viajar al futuro. Con su actitud, había influido de forma directa en el futuro de Kei.

Esta pensó que aquella actitud tan impropia de Kazu probablemente tenía una razón de ser, pero intentar descifrarlo no daría lugar a nada más que conjeturas.

—Tata.

Al oír la voz de Kazu, Kei abrió los ojos y la vio de pie al lado de la mesa, sosteniendo una bandeja de plata con una jarrita del mismo metal y una taza de café de color blanco inmaculado.

—¿Estás lista?

—Sí.

Kei se enderezó y a continuación Kazu le puso delante la taza de café en silencio.

«¿A qué día debo ir?», se preguntó dubitativa.

—Vale, quiero ir al 27 de agosto de dentro de diez años —anunció Kei después de reflexionar un poco.

Al oír el día escogido, Kazu le dedicó una pequeña sonrisa.

—De acuerdo —respondió tranquilamente.

El 27 de agosto era el cumpleaños de Kei. De este modo, tanto Kazu como Nagare lo recordarían.

—¿A qué hora? —preguntó Kazu.

—A las quince horas —respondió Kei al instante.

—El día 27 de agosto de dentro de diez años a las quince horas.

—Por favor —repuso Kei con una dulce sonrisa, y a continuación Kazu asintió ligeramente con la cabeza y asió la jarrita de plata.

—Bien —dijo cogiendo las riendas de la situación como siempre.

Kei volvió la cabeza hacia Nagare.

—Ahora vuelvo —dijo con la voz límpida y sin vacilar.

—Vale —se limitó a responder Nagare de espaldas a ella.

Kazu contempló ese intercambio de palabras, después, asió la jarrita de plata y mientras la sostenía encima de la taza susurró:

—Tómate el café antes de que se enfríe.

La frase resonó en el profundo silencio que reinaba en la cafetería y, acto seguido, Kei percibió que el ambiente se había tensado.

Kazu empezó a servir el café en la taza, que se vertió en silencio por el fino caño de la jarrita de plata en forma de un hilillo de color negro azabache hasta que, poco a poco, llenó la taza.

Mientras hacía eso, Kei no observó la taza, sino que estuvo todo el rato mirando a Kazu atentamente.

Al terminar de servirle el café, Kazu se percató de que Kei tenía la mirada fija en ella y le sonrió con gentileza. Con esa sonrisa fue como si le dijera: «Tranquila, os encontraréis».

El vapor de la humeante taza de café empezó a ascender con un vaivén y Kei sintió que su cuerpo se fundía con ese bamboleo. De repente, le pareció que se tornaba más ligera y, a su alrededor, todo empezó a fluir de arriba abajo como en las películas de tres dimensiones. En otras circunstancias, Kei probablemente habría disfrutado como una niña en una atracción de feria y habría contemplado la escena fluir con un brillo en los ojos. Sin embargo, era una experiencia tan extraña la que estaba viviendo que no consiguió que le cautivara el corazón.

Nagare se había opuesto a que viajase al futuro, pero Kei había querido brindar una oportunidad a hacerlo y estaba a punto de encontrarse cara a cara con la personita en la que se convertiría su bebé.

Dejándose llevar por esa sensación de vaivén, a Kei le vinieron a la mente recuerdos de la infancia.

Su padre, Michinori Matsuzawa, también había tenido problemas de corazón. Un día, cuando Kei iba a tercero de primaria, su padre perdió el conocimiento en el trabajo y, a partir de entonces, empezó a entrar y salir del hospital con frecuencia hasta que, al año siguiente, falleció. Ella tenía entonces nueve años.

Kei era amable por naturaleza y la inocencia personificada pero, a su vez, también era muy sensible y vivía las emociones con intensidad. El fallecimiento de su padre, Michinori, dejó una sombra oscura en su corazón.

Fue su primer encuentro con la muerte, a la que llamaba «la caja negra», la misma en la que te confinaban un día sin posibilidad de volver a salir. A su padre lo habían confinado allí, a un lugar cruel y triste en el que no puedes ver a nadie. Por las noches, pensaba en él y le daba insomnio. Después de eso, a Kei se le borró la sonrisa del rostro.

Por su parte, a la madre de Kei, Tomako, le sucedió todo lo contrario. Es decir, se pasaba el día con una sonrisa en los labios, y eso que de por sí no era una persona muy optimista. Michinori y Tomako habían sido una pareja muy normal. Ella lloró en el funeral pero después no se mostró triste ni una sola vez y e incluso parecía más sonriente que antes.

Por aquel entonces, Kei no podía entender por qué su madre sonreía tanto, así que le preguntó por qué lo hacía habiendo fallecido su padre y si no estaba triste.

Tomako sabía que Kei llamaba a la muerte «la caja negra», así que respondió gentilmente aquella pregunta cargada de reproches con sus mejores sentimientos hacia el padre de Kei y del siguiente modo:

—Bien, piensa qué pensaría tu padre si nos viera por un agujerito desde esa caja negra. Él no se metió en ella porque quisiera, sino que había una razón por la que tenía que ir allí. ¿Qué pensaría si te viera llorar todos los días desde la caja? Seguro que se pondría triste. Y tu padre te quería con locura. Ver que las personas a las que queremos mucho están tristes es duro. Por eso, si él te ve sonreír todos los días desde la caja, sin duda él también lo hará. Nuestras caras alegres hacen que el rostro de papá también lo esté. Nuestra felicidad hará que él también sienta lo mismo dentro de la caja.

Al oír aquella respuesta, a Kei se le saltaron las lágrimas.

Tomako la abrazó y de sus ojos también brotaron las lágrimas que no había derramado en público desde el funeral.

«La próxima en entrar en esa caja seré yo.»

Fue entonces cuando Kei comprendió por primera vez la angustia de su padre. Se le encogió el corazón al pensar en lo que debió de sentir él, Michinori, al saber que iba a morir y dejar a su familia. Era la primera vez que reconocía esa emoción y comprendió la magnitud de las palabras de su madre. Pensó que si no hubiera estado muy unida a su padre, no habría pronunciado esas palabras.

Al poco rato, todo lo que tenía alrededor empezó a calmarse poco a poco. El vapor volvió a tomar forma y Kei recuperó su cuerpo.

Gracias a Kazu había podido viajar diez años al futuro. Lo primero que hizo Kei fue observar con calma el interior de la cafetería: las columnas robustas y las vigas de madera silvestre que cruzaban el techo, los tres relojes de pared de color marrón oscuro y brillante como la piel de las castañas y las sutiles manchas que habían ensuciado la austera pared de yeso de color *kinako* a lo largo de los más de cien años de historia de la cafetería y que tanto le gustaban. Aunque fuera mediodía, la tenue iluminación hacía que pareciera que el tiempo no existiera y teñía todo el interior del local de color sepia creando ese ambiente retro que siempre tenía la cafetería. En el techo, el ventilador de madera giraba poco a poco sin hacer ruido. A primera vista, la verdad es que no parecía que hubieran transcurrido diez años en absoluto.

Sin embargo, al lado de la caja había un calendario de los que tienen una página por día que indicaba que era 27 de agosto y Kazu, Nagare y la señora Kōtake habían desaparecido.

En lugar de ellos, al otro lado de la barra había un hombre que miraba a Kei.

—¿Eh?

Kei se quedó perpleja al encontrarse a aquel hombre en la barra. No lo había visto nunca. Llevaba una camisa blanca, un chaleco negro, una pajarita y un peinado perfecto con la raya a un lado. Miraras por donde lo mirases, no cabía duda de que era el camarero de la cafetería. Sin embargo, desde la barra miraba al asiento en el que había aparecido Kei sin parecer sorprendido. Sin duda, sabía que aquel sitio era especial.

El hombre siguió observando a Kei sin decir nada. La aparición de alguien por la cafetería y el hecho de que los empleados no interactuasen con esa persona también era una actitud propia del lugar.

Al poco rato, el hombre empezó a sacar brillo al vaso que tenía en la mano haciendo bastante ruido. Debía de tener entre treinta y cinco y cuarenta y cinco años, y era de constitución media. Parecía de verdad un camarero de la cabeza a los pies pero, a decir verdad, no rebosaba amabilidad. Tenía una cicatriz enorme de una quemadura que iba desde lo alto de la ceja derecha hasta la oreja izquierda, lo cual le daba un aspecto intimidante.

—Es... Esto...

Normalmente a Kei le daba igual si las personas eran asociales o intimidantes. Y, en otras circunstancias, habría entablado una conversación trivial con él con una sonrisa en los labios, como si se tratara de un amigo. Sin embargo, en ese momento, Kei tenía cara de circunstancias. Se dirigió al hombre tartamudeando, como si fuera una extranjera hablando japonés:

—Pe... Perdona. ¿Está...? ¿Está el encargado?

—¿El encargado?

—¿Está el encargado de la cafetería? —volvió a preguntó Kei mientras el camarero dejaba en la estantería el vaso al que había sacado brillo.

—Soy yo —respondió.

—¿Cómo?

—¿Qué ocurre?

—¿Tú eres el...? ¿Encargado?

—Sí.

—¿De aquí?

—Sí.

—¿De esta cafetería?

—Sí.

—¿En serio?

—Sí.

«¡No puede ser!»

Kei tiró la espalda hacia atrás totalmente atónita.

Sorprendido de que reaccionara así, el hombre dejó lo que tenía entre manos y salió de la barra.

—¿Ha ocurrido algo?

Debía de ser la primera vez que alguien se quedaba tan atónito por el simple hecho de haber dicho que era el encargado, porque parecía muy conmovido. Kei era expresiva por naturaleza, pero su estado de shock fue tan exagerado que el hombre se asustó.

Ella hizo un esfuerzo para ordenar sus ideas. No conseguía imaginarse qué debía de haber pasado en esos diez años. Se le ocurrían muchas preguntas que hacerle a aquel hombre que tenía ante ella pero no tenía tiempo que perder. Si el café se le enfriaba, el viaje al futuro no habría tenido ningún sentido.

Kei se recompuso y fijó la mirada en aquel hombre, que la observaba con preocupación.

«Cálmate, anda...»

—Esto...

—Sí.

—¿Qué ha pasado con el encargado anterior?

—¿El anterior?

—Ese tan grande con ojos muy finos.

—¡Ah! ¿Nagare?

—¡El mismo!

Al saber que el hombre conocía a Nagare, Kei se inclinó instintivamente hacia delante.

—Ahora está en Hokkaidō.

—¿En Hokkaidō?

—Sí.

—¿Cómo es posible? —preguntó Kei pestañeando.

—Así es.

En este momento, Kei no entendía nada de nada.

Las cosas no estaban evolucionando tal como ella había previsto. Hasta ese momento, jamás había oído que Nagare tuviera la menor ilusión de ir a Hokkaidō.

—¿Y por qué?

—No lo sé —dijo el hombre rascándose por encima de la ceja derecha con semblante perplejo.

Kei tenía el corazón en un puño. No entendía nada de nada.

—¡Ah! Ya sé. ¿Has venido a ver a Nagare?

Aquella suposición errónea dejaba claro que el hombre no sabía qué estaba pasando.

A Kei no le quedaban fuerzas para responder: el ambiente se había tornado hostil. Pensar con lógica no era su punto fuerte; ella vivía la vida más bien por intuición. Por ello no le cabía en la cabeza por qué razón las cosas habían llegado a ese punto.

Lo único en lo que podía pensar era que había viajado al futuro para conocer a la personita en que se convertiría su bebé.

Había perdido el norte.

—Entonces ¿conoces a Kazu? —preguntó el camarero en ese momento.

—¡Ah! —exclamó Kei de manera instintiva e indiscreta al oír aquello.

Se había quedado tan confusa al ver a aquel hombre autodenominado «encargado» que había olvidado algo importante. Quien la había empujado a viajar al futuro había sido Kazu, o sea que tanto daba que Nagare estuviera en Hokkaidō. Si ella estaba por allí, todo iría bien. Kei no pudo controlar los nervios, que tenía a mil por hora, y le preguntó al camarero con ímpetu:

—¿Qué hay de Kazu?

—¿Cómo?

—¡Kazu! ¿Está aquí?

Si hubiera podido alcanzar al hombre, Kei le habría interrogado agarrándolo por el cuello de la camisa.

Sobrecogido, él retrocedió dos o tres pasos.

—¿Está o no?

—Pues... Verás... La verdad es que Kazu también... —dijo el hombre apartando la mirada ante esa especie de ofensiva— está en Hokkaidō —finalizó midiendo las palabras con prudencia.

«Ya no hay nada que hacer», pensó Kei.

Al oír aquella respuesta se desmotivó al instante.

—¿De veras que Kazu también...?

Al ver que Kei daba la impresión de haberse desanimado, el hombre se preocupó y la observó con timidez.

—Perdona, ¿estás bien? —preguntó.

Kei lo miró pero, dijera lo que dijese, con aquel hombre que desconocía el motivo de su visita no había nada que hacer.

—Sí, estoy bien —se limitó a responder sin fuerzas.

El hombre ladeó ligeramente la cabeza desconcertado y, a continuación, regresó al otro lado de la barra.

«Desconozco la razón por la que habrán ido a Hokkaidō pero si ellos dos están allí, sin lugar a dudas la personita en la que se ha convertido mi bebé también estará con ellos. No puedo creerme que esté pasándome esto», pensó Kei mientras se frotaba la barriga, y a continuación agachó la cabeza abatida y bajó los hombros.

De por sí aquello era una cuestión de puro azar. Si tenía suerte, se encontrarían y eso era lo que había. Kei era consciente de ello. Si fuera fácil ver a quien se quisiera, sin duda todo el mundo viajaría al futuro.

Pongamos por caso a Fumiko Kyokawa: si le hubieran prometido verse en la cafetería dentro de tres años, se encontrarían seguro. Pero para ello Gorō tendría que cumplir con la promesa de acudir a la cita.

Pero las razones por las cuales es imposible cumplir una promesa podrían ser muchas. Si fuera en coche, tal vez se vería atrapado en un atasco; y, aunque fuera a pie, podría encontrase con unas obras, tener que preguntar o perderse. También podría encontrarse con una lluvia torrencial o con cualquier tipo de desastre natural, así como también podría dormirse o equivocarse con algún detalle de la cita. En definitiva, el futuro es incierto.

Bien pensado, tampoco era tan raro que por alguna razón Nagare y Kazu se hubieran ido a Hokkaidō. Lo único que le sorprendía a Kei era el destino pero, por mucho que se encontrasen en la estación de la ciudad de al lado, sería imposible que llegasen antes de que el café se enfriara.

Incluso si volviera al pasado y les explicara cuándo había llegado, eso tampoco cambiaría el hecho de que en el presente estuvieran en Hokkaidō. Kei también conocía muy bien esa regla.

La suerte había jugado en su contra, sin más.

Kei aceptó que había tenido mala fortuna y recuperó la compostura. Asió la taza y tomó un sorbo de café; todavía estaba bien calentito.

Eso le cambió el humor rápidamente: un ejemplo más de lo que decía Hirai sobre Kei y su «don de vivir con alegría». Sus altibajos emocionales eran intensos pero efímeros.

Había sido una lástima que no se encontraran, pero no se arrepentía de nada. Había podido probar suerte, perseguir sus sueños y viajar al futuro. Tampoco estaba resentida con Kazu ni con Nagare. Seguro que no estaban allí por alguna razón de peso y habían hecho todo lo que habían podido.

«Aunque me lo hayan prometido hace solo unos minutos, en realidad han transcurrido diez años. Qué se le va a hacer. Cuando vuelva, les diré que nos hemos encontrado.»

Kei alcanzó la azucarera que había encima de la mesa.

¡Tolón, tolón!

El cencerro había sonado. Aunque Kei iba a ponerse azúcar en el café, la costumbre hizo que se detuviera para decir «adelante», pero el hombre autodenominado «encargado» se le adelantó.

Kei se mordió el labio y miró hacia la puerta.

—¡Anda! ¡Ya estás aquí! —dijo él.

—¡Hola! —saludó la niña que acababa de entrar.

Esta tendría unos catorce o quince años y debía estar estudiando secundaria. Vestía un look veraniego: una camisa blanca sin mangas, unos vaqueros cortos y unas sandalias de cordones. Tenía un precioso cabello negro que llevaba recogido con un clip rojo en una cola de caballo.

«Es la niña. La misma del otro día.»

Kei la reconoció en cuanto le vio la cara. Era la niña que había viajado del futuro para sacarse una foto con ella. Como aquel día iba vestida de invierno y tenía el pelo corto, su aspecto era un poco distinto pero esos ojos tan bonitos y grandes eran difíciles de olvidar.

«Nos conocimos aquí, ¿verdad?», pensó Kei, y a continuación asintió dos veces con la cabeza y se cruzó de brazos. Entonces, a ella le pareció extraño recibir la visita de una desconocida que ahora ya no lo era.

—Volviste al pasado para hacerte una foto, ¿verdad? —le dijo Kei sin pensar, mientras esta seguía en la entrada.

Sin embargo, la niña puso cara de interrogante.

—¿De qué me estás hablando? —respondió contrariada.

Al ver su rostro de sorpresa, Kei comprendió cuál había sido su error.

«Claro.»

La niña iría a ver a Kei en su futuro; por lo tanto, era normal que para ella no tuviera ningún sentido que le dijera que había viajado al pasado para hacerse una foto con ella.

—¡Uy! Mejor olvida lo que te he dicho —le dijo con una sonrisa, pero la niña, perpleja, hizo una reverencia con la cabeza y se fue hasta el cuarto del fondo.

«Menos mal.»

Kei respiró tranquila y observó con semblante contento cómo se iba.

Aunque se marchase, la había alegrado verla. Tras haber viajado expresamente al futuro y haberse encontrado con que Nagare y Kazu no estaban y que el único que había en la cafetería era aquel hombre desconocido, iba a volver con el sentimiento de no haber logrado su objetivo y un poco triste, pero la aparición de la niña la había alegrado.

Kei tocó la taza para volver a comprobar la temperatura del café.

«Antes de que el café se enfríe ¡nos haremos amigas!», pensó.

A Kei el corazón le empezó a latir con fuerza. Se encontraba con gente a la que la separaba un lapso de tiempo de diez años.

La niña volvió a aparecer.

«Ah.»

Ahora llevaba un delantal de color bermellón en la mano.

«¡Yo he usado ese delantal!»

Kei no se había olvidado de su objetivo inicial, pero no era de las que se quedaban de brazos cruzados. Sin darse cuenta, había pasado a centrarse en interactuar con la niña. El hombre asomó la cabeza por la puerta de la cocina y vio que esta se ponía el delantal.

—¡Ah! No hace falta que me ayudes hoy. Únicamente tenemos a esta chica de clienta —dijo.

La niña se metió en la barra sin responder nada.

El hombre no insistió y asomó la cabeza de nuevo dentro de la cocina, mientras que la niña se ponía de inmediato a pasar un trapo por encima de la barra con soltura.

«¡Eo! ¡Eooo!», pensó Kei mientras movía el cuerpo con desesperación hacia un lado y hacia el otro para entrar en el campo de visión de la niña, pero esta no hizo el gesto de mirarla ni una sola vez. Sin embargo, Kei no se desanimó por ello.

«Si está ayudando en la cafetería, ¿no será que es la hija del encargado?», empezó a pensar despreocupadamente.

Riiing, riiing.

De repente, empezó a sonar el teléfono del cuarto del fondo.

—Voy, ¡voy! —dijo Kei haciendo ademán de levantarse.

Aunque hubieran transcurrido diez años, dado que el sonido del teléfono seguía siendo el mismo, su cuerpo reaccionó por sí solo.

«Qué peligro, qué peligro.»

La regla que establecía no poder separarse de la silla marcaba que a quien despegaba el culo de ella se le devolvía al presente de inmediato por la fuerza. Kei no necesitaba que se lo explicaran, pues conocía de sobra todos los entresijos de las reglas.

En ese momento, el hombre salió de la cocina.

—Voy, ¡voy! —dijo mientras se dirigía hacia el cuarto del fondo.

Kei se secó el sudor de la frente a la vez que respiraba hondo y, a continuación, escuchó al hombre hablar por teléfono:

—Sí, diga. ¡Ah! Hola. ¿Cómo? Sí, aquí está pero... ¡Ah! Vale. Te la paso.

De repente, el hombre salió del cuarto del fondo.

«¿Eh?»

El encargado se puso delante de Kei.

—Toma —le dijo mientras le alargaba el teléfono inalámbrico.

—¿Es para mí?

—Es Nagare.

—¿Cómo?

—Me ha pedido que te lo pase.

Al oír que era Nagare, Kei cogió el teléfono que le ofrecía el hombre.

—¡Hola! ¿Cómo es que estáis en Hokkaidō? ¿Puedes explicármelo, por favor? —le preguntó con un tono de voz tan elevado que resonó en el cuarto.

El hombre ladeó la cabeza poniendo cara de no entender muy bien la situación y regresó a la cocina.

—¿Hola?

Sin embargo, la niña no reaccionó de ningún modo y siguió trabajando en silencio, como si no hubiera reparado en que Kei estaba hablando con un tono de voz muy alto.

—¿Cómo? ¿Que no tienes tiempo? Oye, ¡la que no tiene tiempo aquí soy yo!

Mientras hablaban por teléfono, el café se iba enfriando.

—¿Eh? ¡No te oigo bien! ¿Qué dices?

Kei estaba hablando con el teléfono en la izquierda mientras se tapaba la oreja derecha con la otra mano. Por alguna razón, al otro lado de la línea se oían ruidos de fondo y era muy difícil entender qué decía.

—¿Cómo? ¿Una niña que estudia secundaria? —Kei repetía todo el rato lo que entreoía para asegurarse de que lo entendía bien—. Sí, está aquí. Te refieres a esa niña que vino hace un par de semanas, ¿no? La que vino del futuro para sacarse una foto conmigo, ¿verdad? —dijo dirigiendo la mirada hacia la niña—. Sí, eso es. ¿Qué pasa con ella?

Al ver que la observaba, la niña bajó la mirada y dejó lo que estaba haciendo. Parecía que se había puesto nerviosa.

«¿Le habrá pasado algo?», se preguntó Kei mientras proseguía con la conversación. Su reacción la preocupó pero en ese momento lo primordial era oír aquello tan importante que Nagare tenía que decirle.

—¡Te estoy diciendo que no te oigo bien! ¿Eh? ¿Cómo? ¿Que esa niña qué...?

—Es nuestra hija —le dijo Nagare.

En ese momento, el reloj de pared del medio tocó diez campanadas. Dong-dong.

Fue entonces cuando Kei se dio cuenta de que no había llegado a las quince horas, sino que eran las diez de la mañana. De golpe se le borró la sonrisa del rostro.

—Ah, sí, de acuerdo —respondió Kei con voz frágil y, a continuación, colgó el teléfono y lo dejó encima de la mesa en silencio.

El rostro de Kei perdió la luminosidad que había irradiado hasta hacía unos instantes por el deseo de hablar con la niña. Se quedó pálida y por completo compungida. La niña también se había quedado paralizada.

Con calma, Kei alcanzó la taza con la mano para comprobar la temperatura del café. Estaba templado. Todavía le quedaba un rato antes de que se enfriara.

Kei volvió a mirarla.

«Esta niña...»

De repente, tuvo la certeza de que se encontraba cara a cara con su hija. Debido a las interferencias, le había costado entender a Nagare pero lo que más o menos le había dicho fue: «Te habías imaginado viajar diez años al futuro pero ha habido algún tipo de error y en realidad te has desplazado quince años. Lo más probable es que los diez años y las quince horas se hayan trastocado e intercambiado por los quince años y las diez horas. Nos enteramos por ti cuando volviste. Nos hemos visto obligados a ir a Hokkaidō; no puedo explicártelo porque no hay tiempo. La niña que tienes ante ti es nuestra hija. Sea como fuere, no creo que dispongas de mucho tiempo, así que mira lo bien que está y vuelve».

Nagare debía de haber estado preocupado por el tiempo porque eso era lo único que había dicho antes de colgar.

Sin embargo, en el instante en que Kei supo que la niña que tenía ante sus ojos era su hija, se quedó sin saber qué decirle.

No se sintió confusa, aterrada ni nada por el estilo, sino más bien profundamente arrepentida.

La razón era sencilla: sin duda la niña sabía que Kei era su madre, pero ella se había imaginado que era la hija de otra persona. De ahí que se comportaran de un modo tan distinto.

Kei no se había dado cuenta hasta ese momento de que se oía el tictac de los péndulos del reloj, como si quisieran recordarle que segundo tras segundo su café se estaba enfriando.

Así que de verdad se estaba quedando sin tiempo. Sin embargo, la expresión alicaída de la niña le sirvió de respuesta a la pregunta que quería hacerle: «¿Me perdonas que únicamente pudiera darte a luz?». A Kei se le ensombreció el corazón.

—¿Cómo te llamas? —le preguntó con dificultad.

Sin embargo, la niña no hizo ademán de responder nada y se quedó en silencio con la cabeza gacha durante unos instantes.

A Kei le pareció que la ausencia de palabras por parte de la niña corroboraba todavía más que esta la culpaba. Kei no pudo soportar más ese silencio e, instintivamente, bajó también la cabeza.

—Miki —respondió la niña entonces con un hilillo de voz efímera del que se desprendía una pátina de tristeza.

Había un montón de cosas que Kei quería preguntarle. Sin embargo, ante el hilillo de voz de Miki, se quedó sin palabras.

—¿Ah, sí? —fue lo único que pudo articular.

Miki no dijo nada más, sino que se quedó mirando fijamente a Kei como juzgándola y a continuación salió disparada hacia el cuarto del fondo. Entonces, el hombre asomó la cabeza por la puerta de la cocina.

—¿Miki? —preguntó, pero ella lo ignoró y se metió en el cuarto.

¡Tolón, tolón!

—¡Adelante!

El hombre habló casi al mismo tiempo que entraba una mujer que vestía una camisa blanca de manga corta, unos pantalones negros y un delantal bermellón de cuerpo entero. Debía de haber corrido a pleno sol porque sudaba a mares y le costaba respirar.

—¡Ah!

A Kei aquella mujer jadeante le resultó familiar: por lo menos quedaban vestigios de alguien. Al observarla Kei pudo comprobar que realmente habían transcurrido quince años. Era la misma mujer que aquel mediodía, cuando Kei se había mareado, le había preguntado si se encontraba bien: Fumiko Kyokawa. Fumiko había sido delgada, pero con el paso de los años se había puesto un poco regordeta.

—¿Dónde está Miki? —le preguntó Fumiko al hombre con tono inquisitivo al darse cuenta de que la niña no estaba.

Fumiko debía de saber que Kei aparecería por ahí a aquella hora porque parecía apurada.

—En el cuarto del fondo —respondió el hombre confuso ante la premura con la que había hablado Fumiko.

Con esto quedó clarísimo que él no sabía qué estaba pasando.

—¿Por qué? —preguntó Fumiko al hombre dando un golpe en la mesa.

—Pu... Pues... —respondió él como afligido a pesar de no haber hecho nada malo.

—No —dijo Fumiko con un suspiro mientras lo observaba.

No debía echarle la culpa a él. Ella tampoco había estado muy acertada llegando tarde a algo tan importante.

—Entonces ahora vosotros estáis a cargo de ella, ¿verdad? —le preguntó Kei a Fumiko con timidez.

—Sí, bueno... —respondió Fumiko a la vez que miraba a Kei fijamente a la cara, y a continuación preguntó lo que esta no quería oír—: ¿Has podido hablar bien con Miki?

Ante aquella pregunta, Kei solo pudo apartar la mirada, incapaz de responder nada.

—¿Has podido hablar bien con Miki? —insistió Fumiko.

—La verdad es que... —respondió Kei confusa.

—Voy a buscarla.

—¡No te preocupes! —dijo Kei con decisión deteniendo a Fumiko, que ya estaba de camino hacia el cuarto del fondo.

—¿Por qué?

—Está bien —respondió Kei con una voz que parecía agotada.

—Ya le he visto la cara.

—Pero...

—Parece que no quería verme.

—¡Para nada! —negó Fumiko rotundamente—. Miki se ha pasado toda la vida deseosa de conocerte. No ha habido ni un solo día que no estuviera ilusionada por verte hoy.

—Solo por eso debo de haberle causado mucha tristeza, ¿no?

—Bueno...

El hecho de que Miki hubiera estado esperando ese día con ilusión no era ninguna mentira pero, tal como decía Kei, Fumiko había visto que la niña a veces hacía un esfuerzo por no estar triste y seguramente por eso no se lo negó.

—Lo sabía.

Kei asió la taza de café con suavidad y Fumiko se percató de ello.

—¿Vas a volver así sin más? —preguntó al ver que no estaba consiguiendo detenerla.

—¿Podrías decirle que lo siento?

Ante aquella pregunta, Fumiko frunció el ceño.

—Creo que... —dijo esta poniéndose delante de Kei—. Creo que te equivocas.

—¿Cómo?

—¿Acaso te arrepientes de haber dado a luz a Miki? Si le pides disculpas, ¿crees que le transmitirás que te alegras de que haya nacido?

Todavía no lo había hecho, pero aunque no fuera así no albergaba ninguna duda de que quería que naciera.

Kei respondió a la pregunta de Fumiko con una negación de la cabeza.

—¿Voy a buscar a Miki? —preguntó esta al ver su reacción, pero Kei no pudo articular palabra—. ¡Voy a buscarla!

Sin esperar una respuesta, Fumiko entró en el cuarto del fondo. Sabía muy bien que no había tiempo que perder.

—¡Oye! —le gritó el hombre a Fumiko y, a continuación, la siguió.

«¿Qué debo hacer?»

Kei se había quedado sola y miraba fijamente el café que tenía delante.

«Fumiko tiene toda la razón. Pero, aunque sea así, no tengo ni la más remota idea de qué decirle.»

A los pocos segundos, Miki salía poco a poco del cuarto del fondo con Fumiko, que la abrazaba por los hombros.

Sin embargo, la niña no hizo ningún gesto para mirar a Kei, sino que se acercó a ella con la cabeza gacha.

—Ha venido expresamente para verte —le dijo Fumiko a Miki.

«Miki.»

Kei quería pronunciar su nombre, pero la voz no le salía.

—Venga —dijo Fumiko, y a continuación separó sus manos de los hombros de Miki con un movimiento pausado, miró a Kei un segundo a los ojos y se fue al cuarto del fondo en silencio.

A pesar de que Fumiko se había ido, Miki seguía sin decir nada con la cabeza gacha.

«¿Qué podría decirle? Si por lo menos supiera qué decirle.»

Kei separó la mano de la taza y respiró lenta y profundamente.

—¿Estás bien? —empezó preguntándole.

Miki alzó un poco la mirada hacia ella.

—Sí —se limitó a responder con un hilillo de voz.

Su vocecita era tan débil que parecía que se fuera a quebrar.

—¿Ayudas en la cafetería?

—Sí.

Las respuestas de Miki eran escuetas. Kei prosiguió la conversación con la sensación de que el corazón se le iba a partir en dos:

—Entonces ¿tu padre y Kazu están en Hokkaidō?

—Sí.

Miki seguía sin mirar a Kei a la cara y el hilillo de voz con el que respondía era cada vez más fino. No tenían muchos temas de los que hablar.

—¿Por qué te has quedado aquí tú solita? —preguntó Kei sin pensar.

«Ay.»

Al momento se arrepintió de lo que acababa de decir, porque se dio cuenta de que había preguntado aquello con el deseo de que le respondiera que lo había hecho para verla. Avergonzada por lo descarada que había sido, Kei bajó la mirada.

—Yo... —empezó a decir Miki entonces motu proprio con su débil vocecita— soy quien sirve el café a las personas que se sientan en esta silla.

—¿El café?

—Sí, como Kazu.

—Entiendo.

—Es mi trabajo.

—¿Ah, sí?

—Sí.

La conversación se detuvo ahí. Seguramente Miki tampoco sabía qué más decir porque a continuación bajó la mirada.

A Kei tampoco se le ocurría por dónde seguir la conversación. Sin embargo, no podía dejar de pensar en que había una cosa que quería preguntarle:

«¿Me perdonas que lo único que haya podido hacer por ti fuera darte a luz?»

No obstante, no tenía por qué perdonarla. Lo único que le había causado a Miki era tristeza. Además, a juzgar por su comportamiento, esta rechazaba totalmente que Kei hubiera ido a verla por puro egoísmo.

«No tendría que haber venido», pensó sin poder mirarla a la cara y, a continuación, bajó la vista en dirección a la taza que tenía delante. El café de la superficie temblaba un poco y ya no humeaba. La taza no desprendía calor; Kei sabía que había llegado el momento de separarse.

«¿Qué narices habré venido a hacer? ¿Qué sentido tiene que haya viajado al futuro? No, no tiene ninguno. Solo ha servido para hacer sufrir a Miki. Cuando vuelva al pasado, por mucho que me esfuerce, no podré evitar que mi hija esté triste. Eso no puedo cambiarlo. Del mismo modo que la señora Kōtake no consiguió que el señor Fusagi se recuperara de su enfermedad, ni Hirai evitar perder a su hermana.»

El señor Fusagi, el marido de la señora Kōtake, sufría un alzhéimer precoz. Desde hacía unos años, había ido perdiendo la memoria gradualmente y el mes anterior había olvidado por completo el nombre de «Kōtake», el apellido de soltera de su esposa. Como esta era enfermera, estaba decidida a hacer todo lo que pudiera por él, pero se había enterado de que su marido había perdido la oportunidad de darle una carta y había viajado al pasado con el fin de recibirla.

Por su lado, Hirai había vuelto al pasado para encontrarse con su hermana, Kumi, que había fallecido en un accidente de tráfico. Esta había ido a Tokio un sinfín de veces para tratar de convencer a Hirai de que volviera a casa, pero al final se había ido al otro mundo sin conseguirlo. Justo antes de que tuviera el accidente de tráfico, Hirai se había escondido de ella y no llegó ni siquiera a verla.

Tanto la señora Kōtake como Hirai habían regresado al pasado, pero no habían cambiado el presente. La primera simplemente había cogido la carta y la segunda solo se había encontrado con su hermana. La enfermedad del señor Fusagi seguía progresando y Hirai no volvería a ver a su hermana menor nunca más.

«En mi caso sucederá lo mismo: haga lo que haga, no puedo ahorrarle a Miki la tristeza por la que le haré pasar estos quince años.»

A pesar de que había viajado al futuro con un sueño, a Kei se le había partido por completo el corazón.

—Si el café se enfría, se liará una buena —dijo Kei, y a continuación asió la taza de café.

«Tengo que volver.»

Justo en ese momento, Kei oyó el inesperado sonido de unos pasos que se le acercaban. Entonces se dio cuenta de que tenía a Miki —que había estado todo ese tiempo delante de la puerta del cuarto del fondo— al alcance de su mano.

Kei dejó la taza sin pensar y se quedó mirando el rostro de su hija.

«Miki.»

Kei no sabía con qué intención se le había acercado, pero, sin embargo, no podía apartar la mirada de ella. La tenía ante sus ojos, a una distancia en que, si alargaba la mano, quizá podría tocarla.

Miki respiró hondo.

—Antes —empezó a decir con la voz temblorosa— no es que no quisiera verte...

Kei se entregó en cuerpo y alma a escuchar las palabras de Miki, sin ni siquiera poder parpadear.

—Siempre había pensado que quería hablar contigo cuando nos viéramos, pero...

Kei quería seguir oyéndola.

—A la hora de la verdad, me he quedado sin palabras.

A Kei le había pasado lo mismo. Y después, al ver la reacción de Miki, le había entrado el miedo y se había visto incapaz de preguntarle lo que más quería saber.

—Bueno, he pasado momentos tristes pero...

Claro que sí. El simple hecho de imaginarse a Miki pasándolos sola hizo que a Kei se le partiera el corazón.

«Esos momentos tristes no puedo evitárselos.»

—Pero —Miki dio un pasito hacia delante acercándose más a ella— me alegro mucho de haber nacido gracias a ti —dijo con timidez.

Decir las cosas importantes requiere coraje. Sin duda, confesar tus pensamientos a tu madre, a la que acabas de conocer, requería reunir muchísimo coraje. Aunque a Miki le temblara la voz, estaba siendo sincera.

«Pero...»

De los ojos de Kei brolló un lagrimón.

«Pero lo único que he podido hacer por ti es darte a luz.»

Miki también se puso a llorar. Sin embargo, se limpió las lágrimas con las dos manos y le dedicó una sonrisa cariñosa a Kei.

—Mamá —dijo Miki con nerviosismo y cierta agitación, pero Kei la entendió perfectamente.

Miki acababa de llamarle «mamá».

«Pero no he podido hacer nada por ti.»

Sollozante y con los hombros temblorosos, Kei se tapó la cara con las manos.

—Mamá —volvió a decirle.

Entonces recordó que ya iba siendo hora de separarse.

—Dime —respondió Kei levantando la cara para corresponderle con una sonrisa.

—Gracias —dijo Miki sonriendo dulcemente—. Gracias por haberme traído al mundo.

A continuación, Miki miró a Kei e hizo el signo de la paz.

—Miki...

—Mamá...

En ese instante, Kei se sintió profundamente feliz por ser la madre de esa niña. No era la madre de una niña cualquiera, sino de aquella que tenía ante sus ojos. Kei no pudo contener las lágrimas.

«Ahora lo entiendo todo.»

Aunque el presente no hubiera cambiado, la señora Kōtake había prohibido que la llamaran por su nombre de soltera y había cambiado su actitud hacia el señor Fusagi para seguir siendo su mujer a pesar de que él la hubiera olvidado. Hirai había dejado el próspero bar que regentaba y había vuelto a casa. Estaba aprendiendo a trabajar en el *ryokan* desde cero y, a la vez, la relación con sus padres estaba mejorando.

«El presente no cambia.»

La señora Kōtake ahora disfrutaba de sus conversaciones con el señor Fusagi, aunque en él no hubiera habido ningún cambio. Y en la fotografía que Hirai les había mandado, esta y sus padres parecían felices, aunque Kumi ya no estuviera con ellos.

«El presente no tiene por qué cambiar. Las que lo han hecho son ellas dos. Tanto a la señora Kōtake como a Hirai lo que les ha transformado en su regreso al pasado ha sido el alma. Aunque la realidad no lo haya hecho, la señora Kōtake y el señor Fusagi han vuelto a ser una pareja. Hirai ha hecho realidad el sueño de su hermana de llevar las riendas del *ryokan*. Todo eso ha sido gracias a que algo ha cambiado en su interior.»

Kei cerró los ojos poco a poco.

«Estaba obcecada con lo que no puedo hacer y había olvidado lo más importante.»

Durante estos quince años, en su ausencia, Fumiko había estado al lado de Miki. Nagare le había hecho de padre dándole todo su amor, incluso el de ella. Asimismo, Kazu le había infundido todo su cariño haciéndole tanto de madre como de hermana mayor. Kei acababa de darse cuenta de que todos ellos habían estado alrededor de Miki, dándolo todo para que creciera feliz durante esos quince años en los que ella no había estado presente.

«Gracias por estar bien. Solo con eso, con saberlo, yo ya soy la mar de feliz. Eso es lo único que quiero decirte, desde lo más profundo de mi corazón.»

—Miki. —Todavía con lágrimas en las mejillas, Kei le dedicó a su hija la mejor de sus sonrisas y le dijo—: Gracias por haberme dejado darte a luz.

Kei acababa de regresar del futuro con el rostro empapado de lágrimas, pero todos los que estaban allí comprendieron rápidamente que no eran de tristeza.

Nagare respiró hondo, aliviado; la señora Kōtake se puso a llorar de la emoción; y Kazu fue la única que sonrió con dulzura como si lo hubiera comprendido todo a la perfección.

—Bienvenida de nuevo a casa —dijo esta.

Al día siguiente, Kei ingresó en el hospital y en primavera trajo al mundo a una niña de lo más sana.

Al final del artículo sobre la leyenda urbana se cuestionaba el sentido de la silla porque, por mucho que uno viaje en el tiempo, en el presente no cambia nada.

«El alma lo es todo. Por muy duro que sea el presente y por mucho que este no cambie, si el alma se transforma, todo podrá superarse. Ese es sin duda el verdadero sentido de la silla», pensaba Kazu.

Por eso, todavía hoy en día...

—Tómate el café antes de que se enfríe —sigue diciendo con el semblante sereno de siempre.